Snow Falls

Wolfsnacht

Sam O’Brian

Impressum

Fantastische Weihnachten in Snow Falls: Wolfsnacht
1. Auflage Oktober 2025

Umschlaggestaltung und Grafiken: Dream Design - Cover and Art
Lektorat: Anke Müller / Helen Rose Sky / Lara Lorenz
Korrektorat: Anke Müller/Helen Rose Sky

Edition
GRACE O'MALLEY

Ein Imprint der
Drachenmond Verlag GmbH
Auf der Weide 6 - 50354 Hürth

Über Snow Falls:

Snow Falls, eine kleine Ortschaft inmitten der Wälder Manitobas in Kanada. Doch hinter der Fassade der abgelegenen, pittoresken Kleinstadt mit den liebenswerten Bewohnern verbergen sich Wesen, die sonst nirgendwo auf der Welt willkommen sind.

Hier haben nicht nur Menschen eine Heimat gefunden – auch Vampire, Hexen, Wölfe, Bären und andere magische Wesen leben gut geschützt vor den Augen der Welt in Snow Falls friedlich zusammen. Niemand ahnt, dass die Stadt nicht nur ein Paradies für Angler, Touristen und Holzfäller ist.

Jedes Jahr finden sich in der Kleinstadtwelt die Familien für das Weihnachtsfest und die paranormalen Gemeindebewohner zur Feier des Friedensvertrages zusammen. Da ist es kein Wunder, dass um diese Jahreszeit auch die Romantik nicht zu kurz kommt – wer kann schon einem Fabelwesen unterm Tannenbaum widerstehen?

Widmung

Für meine Snow-Fall-Mitstreiterinnen.
Mit Euch ist Winter unvergleichlich.

Und für alle, die das Glitzern
von Schnee auch unvergleichlich finden.

1. Kapitel – Hunter

Türchen 1

Die Landschaft liegt wie ein unberührtes Geschenk vor mir. Der Wind fährt kalt und eisig in mein dichtes, dunkelgraues Fell und ich lasse den Blick über die verschneiten Berge, die weiß gepuderten Wälder und den in der Ferne glitzernden, halb vereisten See schweifen.

Kenai könnte recht haben. Hier könnte mein Rudel endlich eine Heimat finden. Kenais Rudel wird in einigen Wochen umsiedeln, es gab zu viele Probleme mit den Bewohnern des Ortes und das Snow Falls-Rudel hat ein attraktives, riesiges Waldstück in der Nähe des Wood Buffalo National Park gefunden. Abgelegen genug, um Kenais Rudel noch zurückgezogener Leben zu lassen, wie er sagt. Er wünscht weniger Vermischung mit den Menschen und offenbar hat das Friedensabkommen in Snow Falls für ihn mittlerweile mehr Nach- als Vorteile.

Ich schüttele den Schnee aus meinem Fell. Seit einer Stunde schneit es und langsam wird aus dem leichten Niederschlag ein kleiner Schneesturm. Es ist noch früh, aber die Dunkelheit wird sich bald über den Wald senken und ich will den Ort erreichen, um mich dort in Ruhe umzusehen.

Als Wolf ist es für mich in der Nacht sicherer. Kanada hin, Kleinstadt her – ich bin ein Raubtier und sollte mich von Menschen und ihren Ansiedlungen fernhalten. Trotz allem fühle ich eine leicht gespannte Erwartungshaltung. Dies könnte der Ort sein, an dem ich mein Rudel wieder vereinen könnte. An dem ich das Versprechen, das ich meinem Großvater an seinem Sterbebett gegeben habe, endlich einhalten kann: unserem Rudel wieder ein Zuhause zu geben.

Ich habe ihm geschworen, niemals dieses Ziel aus den Augen zu verlieren und erst dann zu ruhen, wenn alle wieder einen sicheren Hafen haben. Nach dem Verlust unseres Reviers in Montana hätte ich nur nie daran gedacht, dass es mich nach Kanada verschlagen würde.

Als ich losrenne, muss ich ein begeistertes Heulen unterdrücken. Der Schnee ist gefroren genug, um mit einem sanften Knirschen unter meinen Pfoten nachzugeben, der Geruch der Welt hier oben ist klar und ursprünglich. Meine Wolfsnase ist dankbar, dass kein Smog, keine Essensgerüche oder menschliches Parfüm den feinen Geruchssinn beeinträchtigen. Ich kann den Schnee, die Tannennadeln, Kiefern, Kaninchen, sogar den weit entfernten See riechen, ein Kaleidoskop an Farben in meinem Kopf, die seit Langem endlich mal wieder eine Harmonie ergeben, ohne die grellen Geruchsnuancen von Technik und Zivilisation. In der menschlichen Welt ist eine Verwandlung gefährlich. In Wolfsform einfach zu rennen, die Weite zu genießen und ohne Konsequenzen oder auf die Umgebung zu achten, die eigene Natur zuzulassen, ist nahezu möglich. Die moderne Welt ist nicht für Paras wie uns geschaffen.

Ich lege Tempo zu, spüre den Wind kalt und schneidend in meinem Fell und genieße jeden einzelnen Moment. Kenai hatte recht – für ein Stadtrudel ist das hier ein Paradies.

Weite Wälder, kaum Straßen, wenig Zivilisation und Menschen. Und doch ein Ort, der alles bietet, was man braucht, mit größeren Städten in annehmbarer Entfernung. Die Luft ist so klar, dass jeder Atemzug ein Vergnügen ist und die kleinen, weißen Atemwolken vor meiner dunklen Schnauze gut zu sehen sind, trotz der aufkommenden Dunkelheit. Ich renne weiter, aus Freude an der Bewegung, aus Liebe zu meiner Wolfsnatur und hoffe, dieser Ort ist das Ende einer langen Suche.

Ein Knurren ertönt unvermittelt hinter mir, aber nicht von einem Wolf. Es ist tiefer, kommt aus einem riesigen Brustkorb und ich fahre blitzschnell herum, im vollen Lauf. Ein gigantischer, dunkelbrauner Bär tritt aus dem Wald und ich rieche sofort, dass er kein Tier ist. Vor mir steht ein Bärwandler.

Kurz überlege ich, mich zu wandeln, mit dem anderen Para als Mensch zu reden, aber der junge Bär wirkte schon auf den ersten Blick nicht gesprächsbereit. Seine Haare sind gesträubt, das riesige Gebiss deutlich aggressiv mit aufgerissenem Maul präsentiert und ein weiteres dunkles Grollen ertönt in der friedlichen Stille.

Fuck.

Der ist angepisst. Und ich bin als Wolf wesentlich kleiner als dieser übellaunige Fellklotz. Normalerweise wäre mein Rudel bei mir und dann wäre ein einzelner Meister Petz kein Problem. Aber im Kampf eins zu eins bin ich ihm hoffnungslos unterlegen.

Mein Vorteil ist das rationale Denken, was bei ihm offensichtlich gerade nicht vorhanden ist. Er knurrt noch mal und seine dicke, pelzige Pranke scharrt den Schnee weg, als würde er im Stand versuchen, Anlauf zu nehmen. Ich werde nicht hier stehen und warten, wann er losrennt. Auf die Distanz bin ich schneller, aber dazu muss ich erst mal Meter machen. Ohne weiter zu überlegen, drehe ich mich um, mache einen langen Satz nach vorn und stürme los. Ich höre, wie der Bär die Verfolgung aufnimmt und versuche, mich in der jetzt schlagartig hereingebrochenen Dunkelheit zu orientieren. Der Wald wird immer lichter und hinter mir sprintet der Bär pfeilschnell durch das Gestrüpp, ich höre das Unterholz krachen und seinen schweren, keuchenden Atem. Er ist mir dicht auf den Fersen und ich habe keinen Heimvorteil, muss kleinen Büschen, Kaninchenlöchern unter dem Schnee und dornigen Hecken ausweichen. Immer undurchdringlicher wird das Gestrüpp und ich bin erleichtert, als ich ein paar Steine und eine etwas lichtere Stelle links von mir entdecke. Es geht zwar weiter bergauf, aber irgendwann wird dieser plüschige Klops hinter mir hoffentlich müde werden. So ein verdammtes Pech, dass ich offenbar den einzigen Langstreckenläufer unter den Bärwandlern erwischt habe. Er ist schneller, als ich dachte und noch nicht nennenswert zurückgefallen. Ich lege einen Zahn zu, ignoriere meine brennenden Muskeln, springe über die kleinen Felsen, renne weiter und höre das Knurren, das näher ist, als es sein sollte.

Moosiger Untergrund wird seltener, die Steine spitzer und der Weg, den ich nehmen kann, bietet keine Ausweichmöglichkeiten mehr. Ich bin ein Wolf, keine verfluchte Bergziege. Neben mir erscheint ein gähnender Abgrund und ich suche nach einem Weg zurück in den Wald, denn langsam bewege ich mich auf einen reinen Bergpfad zu.

Verflixt.

Als ein zweiter Bär vor mir auftaucht, schwarz wie die Nacht, verfluche ich den Rückenwind, der mir eben noch wie ein Geschenk vorgekommen ist. Ich will mich nach links werfen, weg vom Abgrund und dem vor mir aufragenden Bärwandler, der auf zwei Tatzen steht und ein tiefes Grollen ausstößt. Aber auch links von mir ist die Luft nicht mehr rein. Sie haben mich in eine Falle getrieben. Zwei weitere, junge Bären kommen langsam auf mich zu, einer graubraun mit einer Narbe auf der Schnauze, der andere mit einem Rotstich im Fell. Mein Verfolger schließt ebenfalls auf und stoppt schwer atmend. Ich bin eingekeilt, kann nichts tun. Meine Gedanken rasen, aber wenn ich mich wandle, stehen meine Chancen weitaus schlechter als in Wolfsform.

Kenai hat mir nichts über Bärwandler erzählt, aber er wollte mich bei unserem geplanten Treffen über alle Fraktionen in Snow Falls in Kenntnis setzen. Ich habe also keine Ahnung, ob das Freunde oder Feinde von uns Wölfen sind. Ihr Verhalten sagt Feinde.

Sie kommen immer näher und treiben mich zurück, auf den Abgrund zu. Ich suche eine Lücke, irgendetwas, um ihnen zu entkommen, aber sie haben den Platz, um mich zu stellen, gut gewählt.

Bevor ich eine Entscheidung treffen kann, stürmt der rötliche Bär los. Ich will mich wegducken, aber ich bin zu langsam. Eine riesige Pranke trifft mich hart an der Seite und ich spüre, wie meine Haut aufreißt und ein brennender Schmerz meine Flanke überzieht. Blut verklebt mein Fell und läuft warm an mir herab.

Ich jaule auf, weiche zurück und dann haben meine Hinterpfoten auf einmal keinen Halt mehr. Ich bin an der Abbruchkante und unter mir ist nur gähnende Leere.

Meine Vorderpfoten scharren über glatten Fels, die Krallen versuchen verzweifelt, einen Anker zu finden, aber da ist nichts, was mich retten kann. Ich rutsche wie in Zeitlupe über die Kante, ohne eine Chance, es zu verhindern, den Blick auf vier riesige Bärenköpfe gerichtet, die mich mitleidlos mustern ...

2. Kapitel – Cathrin

Türchen 2

Der Griff zum Handy, auf dem die Melodie meiner Notdienst-Praxis-Nummer ertönt, hinterlässt eine klebrige Teigspur auf dem Telefon, aber ich kann es nicht verhindern. Mom hat immer gesagt, Zimtsterne wären einfach herzustellen und ihr Rezept gelingsicher.

Dass der Teig so klebrig wie Honig ist, hat sie nicht erwähnt. Er pappt überall: an der Schüssel, in meinen Haaren, an der Arbeitsplatte und jetzt zwischen meinen Fingern und auf dem Handy. Es ist wie ein Teig-Fluch, der mich in seinen Fängen hat.

Das ist der Grund, warum ich niemals zum weihnachtlichen Backevent im Bed and Breakfast bei Ivy auftauchen werde. Es ist hoffnungslos. In der Küche bin ich ein Totalversager. Das hindert mich aber nicht an ständigen, verzweifelten Versuchen der Selbstversorgung.

«Tierarztpraxis Picard», melde ich mich und versuche dabei, meine freie Hand von dem ungeahnt pappigen Experiment zu befreien, das Weihnachtsplätzchen werden sollte.

Irving sieht mich amüsiert an, und wenn der Kater Augenbrauen hätte, wäre jetzt ein hochnäsiges Hochziehen derselben sein bevorzugter Kommentar. Bei dem mitleidigen Blick, den er mir schenkt, ist es ein Segen, dass Katzen nicht sprechen können.

«An der Staatsstraße liegt ein schwer verletzter Wolf. Ich wollte es nur mitteilen», informiert mich eine jugendliche Stimme und dann ist die Verbindung weg.

Ein Wolf?

Bestimmt hat ihn ein Auto erwischt. Kurz überlege ich, ob ich Malcom anrufen soll, er arbeitet für die Forstverwaltung, aber dann landet das arme Tier mit einem Gnadenschuss als Trophäe über irgendeinem Kamin. Allerdings kann ich allein keinen Wolf einsammeln, das schaffe ich nicht. Ich reibe fluchend und eilig den Teig von meinen Händen in mein Lieblingsgeschirrhandtuch mit den Minions drauf und eile im Laufschritt die Treppe zur Praxis hinunter. Noch im Laufen wähle ich die Nummer meines Cousins.

«Cole Fortin, wer stört?», brüllt er in den Hörer.

Im Hintergrund hört man das Geräusch einer Bandsäge.

«Cole, ich brauche deine Hilfe. Ich muss einen Wolf einsammeln.»

«Dann versprich mir, dass du wartest, bis ich da bin. Du wirst nicht wieder allein losfahren, Cat. Himmel, du bist meine einzige Cousine und wenn ich deinen Eltern sagen muss, dass du einem Raubtier zum Opfer gefallen bist, bekomme ich riesengroßen Ärger. Oder mein Dad bringt mich um. Von Claire reden wir besser gar nicht. Versprich mir, zu bleiben, wo du bist.»

«Wenn du dich beeilst. Angeblich ist er schwer verletzt!» Ich weiß, dass Cole sich beeilen wird, er hat viel zu viel Angst, dass ich so leichtsinnig bin und doch allein hinfahre. Es wäre leider nicht das erste Mal. Aber ich habe immer ein Blasrohr mit einem starken Betäubungsmittel dabei. Ich bin ja nicht blöde.

Dass der dämliche Puma, den ich im Frühjahr aus einer Schlagfalle rausgeholt habe, mich doch mit seiner Pranke erwischt hat, war pures Pech. Und Jackson hat nur drei Stiche benötigt, um die Wunde zu verarzten. Trotzdem macht der ganze Ort mittlerweile ein Gewese darum, als hätte ich Schlammcatchen mit einem Sumatra-Tiger veranstaltet und nicht einen etwas größeren Kratzer von einer kleinen, berechtigt sauren Raubkatze bekommen.

Ich ziehe meinen warmen Parka an, prüfe noch mal, ob ich alles dabei habe, auch das Blasrohr und meinen Vorrat an Betäubungsmittel, und eile vors Haus. Cole sollte sich besser wirklich beeilen.

Als mein Cousin keine fünfzehn Minuten später auf die Staatsstraße abbiegt, sehe ich den Wolf sofort. Er liegt in rot gefärbtem Schnee auf einer Schneewehe neben der Straße, vollkommen reglos.

«Cat, der ist hinüber», brummt Cole, aber ich ignoriere ihn und springe aus dem Fahrzeug. Ich höre meinen Cousin herzhaft fluchen, als ich die Straße überquere, um mir das Tier näher anzusehen.

«Cat, verdammt noch eins!», schimpft es hinter mir, als ich das Tier erreiche.

Der Brustkorb hebt und senkt sich und es ist ein Wunder, dass er das tut. Der Wolf hat einen komplett zertrümmerten Hinterlauf, die Vorderläufe sehen ebenfalls verletzt aus. Offenbar ist er mit einem Raubtier aneinandergeraten, vier tiefe, klaffende Wunden sind auf seiner Seite, Blut sickert aus ihnen in den Schnee. Aber er atmet und als ich seinen Körper berühre, ist er überraschend warm.

«Geh zur Seite, Cat, ich erlöse ihn von seinem Elend», sagt Cole und ich höre, wie er sein Gewehr lädt.

In diesem Moment öffnet das Tier die Augen, erstaunlich intelligente Augen, die mich durchdringend mustern. Nicht, als wollte er sich verkriechen oder mich beißen, sondern als würde er um Hilfe bitten.

«Untersteh dich, Cole Fortin. Solange er atmet, ist er mein Patient. Hast du genug Platz im Kofferraum? Und eine Decke?»

Er nickt und sieht nicht begeistert aus, aber dann geht er und kommt kurz darauf ohne das Gewehr, mit einer grauen Pferdedecke und einem Maulkorb zurück, den er aus meiner Tasche genommen hat.

«Ich weiß, wann ich verloren habe, Cat, aber das Vieh ist so gut wie hinüber. Tu uns trotzdem einen Gefallen und leg ihm einen Maulkorb an.»

Ich gebe nach, obwohl der Wolf die Augen wieder geschlossen hat und flach atmet. Ich lege den Maulkorb an, ohne dass er erneut eine Regung zeigt, nur der Brustkorb hebt und senkt sich. Dann platziere ich die Decke hinter ihm. Cole hilft mir und greift sich den buschigen Schwanz, während ich den Wolf am Genick packe. Gemeinsam schaffen wir es, ihn auf die Decke zu ziehen, von einem durchdringenden, schmerzerfüllten Winseln begleitet.

«Warte», murmele ich und eile zum Fahrzeug. Kurz darauf habe ich das arme Tier so weit betäubt, dass wir ihn zum Auto tragen können und im Kofferraum ablegen.

«Du wirst ihn operieren, richtig?», mutmaßt mein Cousin, als wir wieder Richtung Snow Falls unterwegs sind. Meine Praxis liegt weiter vom Stadtgeschehen weg als die Sägemühle, in der er und mein Onkel arbeiten und wo auch ihr Haus steht. Ich weiß, welche Sorgen ihn umtreiben.

Einsame Frau vom Wolf gefressen. Ein Rotkäppchen-Schicksal.

«Er wird betäubt bleiben. Und danach lege ich ihn in eine Box.»

Cole wirft mir einen weiteren, strengen Seitenblick zu. Ich rolle die Augen. «Die Box werde ich abschließen, für den Fall, dass ihm Daumen wachsen, mit denen er spontan den Riegel bedienen kann. Herrje, der Puma im Frühjahr war fast noch ein Baby. Er hat mich nur gekratzt, weil er Angst hatte und ich unaufmerksam war.»

Cole schüttelt den Kopf. «Du bist eine begnadete Tierärztin, darüber gibt es keine Zweifel. Aber du hast den Selbsterhaltungstrieb eines Regenwurms im ersten Frühlingsregen, wenn es um verletzte Kreaturen geht. Du würdest einen Drachen verarzten, wenn dir jemand versichert, die arme, schuppige Echse hätte nur einen schlechten Tag und der Ritter zwischen ihren Fangzähnen wäre nur aus Versehen dort hineingeraten.»

Ich grinse. «Du liest Claire immer noch Drachengeschichten vor?», frage ich und Cole nickt.

«Ja. Sie liebt Drachen. Ich dachte zuerst, es wäre wegen der Prinzessinnen oder Prinzen, aber sie wäre gern der Drache. Den Dickkopf dafür hat sie schon.»

Sie benimmt sich ihrem Großvater und Vater gegenüber auch wie eine der feuerspeienden Fabelwesen. Sie herrscht mit sanfter Hand über zwei große, knallharte Sägemühlenbetreiber und die kleine Claire weiß das genau. Ich grinse. Meine Nichte ist ein Sonnenschein, und dass ihre Mutter sie und Cole verlassen hat, hat sie gut verkraftet. Allerdings nur, weil Cole alles tut, um Vater und Mutter zu sein.

«Ich würde keinen Drachen verarzten, wenn er nicht betäubt ist», gebe ich zurück und Cole schnaubt.

«Du würdest. Versprich mir, vorsichtig zu sein.»

Ich nicke und bin froh, als wir vor meinem zweistöckigen Haus anhalten. Die Einrichtung der Praxis in den untereren Räumen hat sämtliche Ersparnisse aufgefressen, aber heute bin ich wieder einmal heilfroh, den sündhaft teuren Röntgenapparat angeschafft zu haben. Und das Ultraschallgerät. Die gesamte kleine Erbschaft meiner Großmutter ist in die Praxis geflossen. Die Räume darüber, in denen Irving und ich leben, sind dagegen geradezu spartanisch.

Cole wartet, bis ich den Wolf auf dem Behandlungstisch habe, fixiert und immer noch mit Maulkorb. Dann lässt er mich feierlich den uralten Fingerschwur ablegen, den wir uns als Kinder ausgedacht haben, um ihm zu versichern, dass ich anrufe, wenn es Probleme gibt, bevor ich endlich die Gelegenheit bekomme, nach dem Tier zu sehen.

Die Betäubung wirkt noch und der für einen Wolf recht große Rüde atmet weiterhin gleichmäßig. Die Kratzer haben vorhin, an der Straße, wesentlich tiefer und schlimmer ausgesehen. Die Brüche scheinen hier im Licht des Behandlungsraumes ebenfalls nicht so kompliziert zu sein, wie bei meinem ersten Eindruck der Verletzungen. Ich fahre den Behandlungstisch in den Röntgenraum.

So viel zum ersten Urlaubstag mit Weihnachtsplätzchen backen, einem guten Buch und einem Glas Wein auf der Couch.

3. Kapitel – Hunter

Türchen 3

Helles Licht dringt durch die geschlossenen Augenlider und ich spüre, wie mein ganzer Körper dagegen protestiert. Ein merkwürdiger, mir unbekannter Geschmack liegt auf meiner Zunge. Der Werwolf in mir ist sofort alarmiert, aber ich merke, dass ich zu verletzt bin, um mich zu bewegen und sofort für alles gerüstet zu sein. Also lasse ich die Augen geschlossen und fokussiere mich auf meine menschliche Seite, die in dieser Gestalt zwar präsent, aber eher untergeordnet ist. Es riecht nach Desinfektionsmittel und nach Jod.

Im Hintergrund hat irgendein bösartiger Sadist *Last Christmas* laufen. Wenn man dem Tod von der Schippe gesprungen ist, genau die Musik, die man hören will.

Meine Hinterläufe fühlen sich taub an und ich spüre das Reiben des gebrochenen Knochens in meinem Vorderlauf, der langsam zusammenwächst. Ein Hoch auf die Regenerationsfähigkeiten der Werwölfe, aber der Sturz von diesem Felsvorsprung zwanzig Meter in die Tiefe hat ziemliche viele Wunden geschlagen. Auch wenn ich Glück im Unglück hatte und eine Fichte meinen Fall ein wenig gebremst hat. Diese vermaledeiten Bärwandler.

George Michael hat gerade den Rest seiner Ballade geschmettert, als das Elend von vorne beginnt. Es gibt Momente, da wünscht man sich den Tod. Dieser ist einer davon. Wer bitte hört diesen Song in Dauerschleife?

Langsam hebe ich ein Augenlid und sehe, dass ich in einer vergitterten Box gefangen bin. Ich liege auf der Seite und eine Infusionsnadel steckt im grauen Fell meiner Vorderpfote, die zudem bandagiert ist. Das erklärt, warum ich außer Ohrenbluten durch Weihnachtsmusik keine weiteren Schmerzen verspüre. Vor mir, in dem hellen Raum, in dem mehrere dieser Metall-Boxen stehen, allerdings leer, sitzt eine junge Frau an einem Stahltisch und zieht Spritzen auf. Sie hat dunkelbraune Haare, die sie zu einem lockeren Dutt auf dem Hinterkopf zusammengefasst hat. Eine gerade, ebenmäßige Nase und sanfte, volle Lippen. Sie trägt einen lila Kittel und an ihrem Ohr und in ihren Haaren klebt hellbrauner Teig. Sie riecht nach Zimt, Butter und Desinfektionsmitteln. Eine merkwürdige Mischung. Während sie die Medikamente vorbereitet, singt sie mit einer erstaunlich klaren Stimme jedes Wort des Liedes mit.

Aber die Spritzen, der Kittel und ein Schaubild zu einem Hundeskelett an der Wand geben mir gute Hinweise, wo ich mich befinde: in einer verdammten Tierarztpraxis. Das ist an Ironie nicht mehr zu toppen.

Ein genervtes Schnauben kommt aus meiner Schnauze und mir fällt erst jetzt auf, dass mir irgendjemand einen Maulkorb angelegt hat. Ich kann mir denken, welches Genie dafür verantwortlich ist. Diese Tierärztin hat ja keine Ahnung, dass ich nicht irgendein angefahrenes Wildtier bin. Mein Schnauben hat dafür gesorgt, dass sie ihren Kopf herumdreht und mich ansieht.

«Armer kleiner Kerl. Aber es wird wieder, da bin ich sicher. In ein paar Tagen kannst du nach Thompson in die Auffangstation.»

Wenn ich nicht verletzt wäre, einen Maulkorb um die Schnauze und in einer abgeschlossenen Box stecken würde, könnte ich lachen, so absurd ist die Situation.

«Weißt du, ich hatte heute meinen ersten freien Tag seit acht Monaten. Ich wollte backen und einen Leseabend einlegen. Aber ich bin froh, dass ich eine Ausrede hatte, das mit dem Backen abzubrechen.

Leider muss ich gleich hoch, wahrscheinlich hat Irving den Teig vertilgt, der noch in der Küche lag.»

Wer ist Irving? Ihr Mann?

«Nachher bringe ich dir ein paar Stücke Fleisch. Sollte eigentlich mein Abendessen werden, ich habe mir zur Feier des Urlaubsbeginns Rindersteak geholt. Unter uns, das ist das einzige Essen, was ich unfallfrei zubereiten kann, außer Instant-Porridge. Ich fürchte, du willst nicht den Porridge?»

Sie wirft mir einen Blick aus dunkelbraunen, warmen Augen zu, mit einem sanften Lächeln. Sie ist attraktiv, für eine Wolfs-Kidnapperin. Und sie hat recht, ich nehme dann doch lieber das Steak. Wölfe jagen keine Haferflocken. Ich mag es blutig, ein Umstand, den Porridge nicht bieten kann.

Als sie eine halbe Stunde später wiederkommt, ist sie umgezogen und hat eine Metallschüssel in der Hand. Unschlüssig sieht sie zu mir und kaut auf ihrer Unterlippe.

«Ich versuche mal, ob ich den Maulkorb abbekomme. Du scheinst ja noch ziemlich erledigt zu sein. Wenn du mich beißt, wird Cole mich umbringen. Und danach wahrscheinlich dich. Er war dagegen, dich hier zu behandeln. Er wollte gleich in die Wildtierstation fahren, aber drei Stunden Fahrt hättest du nicht gepackt, mein Freund. Wie soll ich dich nur nennen?»

Sie greift vorsichtig durch die Gitterstäbe und ich lasse meinen Kopf ruhig liegen, beobachte aber jede ihrer Bewegungen.

Egal wer dieser Cole ist, der Kerl hat recht. Ihre Hand würde ich blitzschnell abbeißen, wenn ich es wollte, sobald sie den Maulkorb löst. Sie ist irre. Und nach wie vor läuft *Last Christmas* – ich hoffe, sie schaltet das bald aus, sonst kann ich für nichts mehr garantieren.

Tatsächlich öffnet sie langsam und bedächtig die Schnalle, die das störende BDSM-Kleidungsstück aus dem Tierzubehör-Handel an mir festhält und zieht mir dann das Teil blitzschnell von der Schnauze. Sie ist komplett verrückt. Durchgeknallt. Wenn ich ein echter Wolf wäre, würde sie jetzt eine Hand weniger haben.

Allerdings riecht das rohe Steak, das sie in dem Futternapf hat, nach einem Tag voller Katastrophen verlockend. Wenn ich fresse, werde ich schneller heilen und komme hier raus. Also nicht die Hand beißen, die vorhat, mich zu füttern. Ich kämpfe gegen den Wolf-Instinkt an und bin dankbar, dass zumindest der Maulkorb weg ist.

Sie schiebt den Napf zu mir herein, durch eine kleine Öffnung am Boden des Käfigs. Vorsichtig hebe ich den Kopf und merke, dass mein Körper immer noch von dem tiefen Sturz gezeichnet ist. Ein Winseln entkommt mir, als ich den Kopf langsam über die Schüssel schiebe. Eine zerkrümelte Tablette liegt auf dem rohen Fleisch und ich würde mich am Liebsten verwandeln und sie fragen, ob das wirklich ihr Ernst ist. Das war ein erstklassiges Roastbeef. Jetzt ist es Hundefutter. Aber ich kann nicht wählerisch sein und hoffe, sie hat das Steak mit einer Art Hunde-Ibu gepimpt.

«Guter Junge. Wie wärs mit Stromer?» Sie legt den Kopf schief und mustert mich mit einem langen, intensiven Blick. Sie ist höllisch attraktiv und ihre Augen leuchten auf, als ich das erste Stück Fleisch verschlinge. Stromer? Was glaubt sie, dass ich bin? Eine Art Disney-Wolf? Wenn sie anfängt, eine fröhliche Motivations-Arie zu trällern, werde ich sie doch töten.

Meine Laune ist im Keller. Ich kann mich nicht verwandeln, da nicht alle Wunden geheilt sind. Ich muss die Heilung in dieser Gestalt erst weiter fortschreiten lassen. Und dann herausfinden, wie ich diesen Käfig aufbekomme. Er ist winzig und bietet mir kaum genug Raum für meine Wolfsgestalt. Als Mensch möchte ich hier schon dreimal nicht festsitzen.

Vorsichtig streicht sie über meine Seite, bemüht, nicht an die Kratzer zu kommen. Es fühlt sich ungewohnt an. Wölfe sind keine Schoßtiere und normalerweise versucht mich niemand zu streicheln. Sie ist wirklich, wirklich irre. Ich könnte sie ernsthaft verletzen. Langsam bekomme ich Mitleid mit ihrem Freund Cole. Der Ärmste hat bestimmt einiges zu tun, wenn sie mit einem wilden, verletzten Wolf so umgeht. Wahrscheinlich gehört sie zu der Fraktion, die halbtote Stinktiere aufpäppeln, bösartige alte Straßenkater für missverstandene Wesen hält und an der Supermarktkasse Futterdosen in Spendenboxen wirft.

«Stromer. Ich nenne dich Stromer.»

Himmel, was für ein Scheißtag. Ich habe einen Disney-Spitznamen und fresse Ibuprofen aus einem Blechnapf.

Ab jetzt kann es eigentlich nur bergauf gehen. Und wenn ich hier raus bin und mich zurückverwandelt habe, werde ich dieser Irren mal was zum Thema: *Streichel den großen bösen Wolf* erzählen.

Nachdem ich mich für meine Rettung bedankt habe. Immerhin hat sie mir geholfen. Auch wenn es aus Werwolfsicht höchstwahrscheinlich unnötig war.

Sie geht und fasziniert sehe ich ihr nach. Sie ist mitfühlend, hübsch und hat den Schlüsselbund in der Hand, der meine Freiheit bedeutet, als sie den Raum verlässt und von außen das Licht ausschaltet.

Diner in the Dark. Woanders müsste ich viel Geld dafür zahlen. Trotzdem ist nach einigen Minuten das ganze Steak weg und ich habe ein schlechtes Gewissen, dass die junge Frau heute Abend mit Porridge auskommen muss.

4. Kapitel – Hunter

Türchen 4

Der Geruch nach Bär legt sich auf meine Zunge und ich bleibe flach am Boden des Käfigs liegen. Es ist dunkel, aber draußen vor der Tierarztpraxis treiben sich zwei Personen herum. Ein Wandler in menschlicher Form, ein verdammter Bär, und eine Frau, der ein merkwürdig lilafarbener Geruch anhaftet. Meine Nase und meine Wolfssinne können hier meiner menschlichen Seite nicht das notwendige Vokabular liefern. Der Geruch von Magie haftet ihr an, so dicht und durchdringend, als bestünde sie durchweg aus der ursprünglichen Kraft, die uns von der Erde geschenkt wird. Trotzdem presse ich mich glatt an den kalten, metallischen Untergrund und verhalte mich still. Die Bären haben mir das Dilemma erst eingebrockt. Ist er etwa hier, um ihr

Werk zu Ende zu bringen und mich zu töten? Ich werde es ihm nicht einfach machen, aber meine derzeitige Lage ist mit suboptimal schon wohlwollend beschrieben.

Die Ärztin ist vorhin weggefahren, um einzukaufen. Irgendein Hank hätte ein leckeres Steak für mich, das sie mir zum Frühstück servieren will. Gleich bevor sie mich entwurmen möchte. Dazu wird es nicht kommen. Ich habe keine Würmer. Und niemand wird mir irgendwelche Dinge oral oder sonst wo verabreichen.

Meine Wunden sind noch immer nicht verheilt, aber es geht mir schon etwas besser. Eine Verwandlung sollte ich schaffen, wobei die Frage, wie ich aus dem abgeschlossenen Käfig rauskommen soll, das größere Problem ist.

Der Schlüssel am Bord bewegt sich und schwebt wie von Geisterhand durch den Raum. Einmal fällt er zu Boden, aber dann wird er wieder wie von einer unsichtbaren Hand angehoben und schwebt weiter. Er bewegt sich durch die Gitterstäbe und fällt auf den Boden, direkt vor meine Schnauze.

Die Stimmen draußen verschwinden, ebenso wie der durchdringende Bärengestank. Haben die zwei Unbekannten mir etwa gerade den Schlüssel serviert? Ich habe keine Zeit, um das lange zu beleuchten. Ich muss handeln. Die Verwandlung zurück ist riskant und als sie beendet ist, fühle ich mich in meiner menschlichen Gestalt das erste Mal elend. Jeder Knochen tut mir weh, meine Rippen singen noch immer das Lied von dem Sturz und die Prellungen liefern ein paar Strophen ‹*Fall in eine Kiefer mit Aufprall auf Waldboden*› zur Untermalung. Eine Rückverwandlung werde ich in nächster Zeit nicht mehr hinbekommen, jede Zelle in mir scheint vor Schmerz und Erschöpfung zu vibrieren.

Ich greife durch die Gitterstäbe, nachdem ich die Kanüle aus meinem Handrücken entfernt habe.

Im nächsten Moment bin ich frei und kann mich strecken, was einige Schmerzen beseitigt – und andere aufflammen lässt.

Es ist dunkel und ich trete aus dem kleinen Raum hinaus. Ich lande in einem Flur, von dem eine steile, aber helle Holztreppe nach oben führt. Mehrere Türen gehen ab, beschriftet mit Behandlungsraum, Röntgen und Wartezimmer. Am Ende des Flures scheint der Ausgang zu sein und ein kleiner Empfangsbereich.

Allerdings kann ich unmöglich so nach draußen. Verwandeln ist nicht durchführbar und nackt nach draußen, bei Minusgraden und Schneefall würde ich zwar überleben, aber ich habe keine Lust, die eben verlassene Zelle gegen eine des Sheriffs auszutauschen, wenn man mich mitten im Winter splitterfasernackt aufgreift. Die Treppe nach oben könnte funktionieren, dieser Cole muss ja etwas anzuziehen haben. Ich quäle mich die Stiege hinauf und komme in einen riesigen Raum, in dem eine etwas karge Küchenzeile steht und ein Esstisch, sowie ein Sofa mit Kissenlager und ein Fernseher an der Wand. Der Raum ist riesig und wirkt unbewohnt. Ein gewaltiger Kater starrt mich auf dem Tisch sitzend an, er thront dort wie ein uneingeschränkter Herrscher. Zwei Türen gehen am Ende des Raumes ab und ich öffne die rechte. Ein Badezimmer, sauber und modern, aber relativ kahl, in dem nur ein hellblauer Frotteebademantel hängt. So winzig, dass dieses Kleidungsstück nicht für mich geeignet ist. Ich gehe zur anderen Tür und dahinter verbirgt sich das Schlafzimmer. Neben dem mit Kissen überzogenen Bett befindet sich eine Kleiderstange. Winzige Damenbekleidung ist das Einzige, was hier zu finden ist, aber ich sehe trotzdem alles durch. Hier gibt es sonst keinen Schrank und dummerweise auch keine Kleidung in meiner Größe. Ich bin geliefert.

«Bleiben Sie stehen, oder ich tasere Sie!», höre ich eine Stimme von der Tür. Ich tue, was jeder halbwegs anständige Mann tun würde. Ich greife zum Bett, presse mir eins der kleinen Zierkissen vor meine Mitte und drehe mich um.

«Wie sind sie hier hereingekommen?», fragt die Tierärztin und betätigt den Lichtschalter. Das helle Licht sorgt dafür, dass ich fast blind werde. Mein Kopf dröhnt. Die Kratzer auf meinen Rippen brennen wie die Hölle. Und als ich an mir herunter sehe, stöhne ich auf. Ich presse mir ein lavendelfarbenes Kissen mit Rüschen und der Aufschrift *Sweet Candy* vor mein bestes Stück.

Ich hebe den Kopf und die Frau starrt mich an, ihr Blick verharrt auf ihrem Kissen und obwohl sie einen Taser in der Hand hat und aussieht, als würde sie ihn benutzen, habe ich keine Angst davor. Mit ihr werde ich fertig, aber es ist auch nicht meine Art Frauen, die mich medizinisch versorgt haben, in ihren Schlafzimmern zu entwaffnen. Es sei denn, es wird gewünscht. Ihr Mundwinkel zuckt kurz und ich schüttele geschlagen den Kopf.

«Ich suche nur was zum Anziehen. Ich tue ihnen nichts.»

Ihre Augen ziehen sich wieder zusammen.

«Wie sind sie hier reingekommen? Und warum zum Henker sind sie nackt und pressen sich ein Kissen vor ihr Würstchen?»

«Ich dachte, das mit dem Kissen würde sich von selbst erklären. Soll ich es langsam fallen lassen?»

Keine Ahnung, warum ich sie in meiner Situation reize. Ihre Wangen sind rot und ihre Augen fixieren die Aufschrift auf dem Kissen.

«Hat Adalyn sie angestiftet?», fragt sie.

«Wer oder was ist ein Adalyn und zu was angestiftet?», frage ich, weiterhin meine private Zuckerstange hinter einem Zierkissen verbergend. Es wird Zeit, dass ich hier rauskomme, aber ich kann mich momentan nicht wandeln. Meine Verletzungen sind auf einem guten Weg, aber einen weiteren Gestaltwechsel möchte ich nicht riskieren.

«Sie sind kein bezahlter Stripper?», fragt sie, noch immer den Taser in der Hand.

«Haben Sie heute Geburtstag?», frage ich zurück.

Sie runzelt die Stirn. «Ich rufe jetzt den Sheriff. Wenn Sie kein Stripper sind, wer sind Sie dann? Und wie zum Teufel sind Sie hier hergekommen?»

Der Sheriff. Keine tolle Aussicht.

Mein Kopf dröhnt. Eine Tierärztin, die einen Stripper in ihrem Schlafzimmer nicht merkwürdig findet? Was stimmt mit der Frau nicht?

«Hören Sie», sage ich vorsichtig und hebe eine Hand, während ich mit der andern den Rest meiner Würde schütze. «Ich will Ihnen nichts tun. Ich will nur etwas zum Anziehen.»

Ihr Blick gleitet zu meinem Bauch und ihre Augen weiten sich, als er auf die tiefen, schmerzhaften Kratzer fällt, die der Bär mir beigebracht hat.

«Der Wolf ist nicht mehr im Käfig», murmelt sie und mir wird eiskalt.

«Ich habe keine Ahnung, was Sie mir damit unterstellen», sage ich und trete einen weiteren Schritt näher an sie heran.

Sie darf nicht herausfinden, was ich bin. Aber den Sheriff darf sie nicht rufen.

«Diese Wunden», murmelt sie und starrt mich an. «Woher haben Sie diese Wunden? Ist das beim Einbruch in mein Haus passiert? Haben Sie den Wolf befreit?»

Sie klingt fragend, überlegend und ich verfluche mein Pech. Vielleicht wäre die Wurmkur doch die bessere Wahl gewesen. Ich muss einfach draußen eine weitere Wandlung riskieren und zu meinem Auto kommen, das ich auf einem bestimmt zwanzig Meilen entfernten Parkplatz zurückgelassen habe. Ergo: Ich muss hier raus. «Ich gehe jetzt einfach, Miss. Nichts für ungut», sage ich und trete noch einen Schritt näher an die Schlafzimmertür.

«Bleiben Sie, wo Sie sind!», zischt sie und ich verliere die Geduld. Was will sie schon tun?

«Nein», sage ich und mache einen letzten Schritt. Sie reißt den Arm mit dem Taser hoch und ich höre nur noch ein elektrisches Zischen.

5. Kapitel – Cathrin

Türchen 5

Der Eindringling liegt vor mir auf dem Dielenboden und das Kissen ist ihm aus der Hand gerutscht. Oh. Mein. Gott. Entsetzt und ein wenig verwirrt lasse ich den Taser fallen und starre auf den nackten, riesigen Mann mit den merkwürdigen Blessuren. Was soll ich tun? Verletzte Tiere sind eine Sache, ein attraktiver, dunkelhaariger Mann, dem das Kissen, was mir Olivia letzte Weihnachten geschenkt hat, von seinem besten Stück gerutscht ist, eine ganz andere. Er atmet noch, was mich erleichtern sollte, aber ich würde mich mit einer Leiche wohler fühlen. Was ich mit einer Leiche machen sollte, wäre mir klarer, als die Frage, was ich mit einem potenziellen nackten Einbrecher machen soll, ist schwieriger zu beantworten. Einem höllisch attraktiven, verletzten

Einbrecher. Nervös eile ich zur Couch, schnappe mir aus der daneben stehenden Truhe eine Decke und lasse sie über den bewusstlosen Mann gleiten. Dabei erhasche ich noch mal einen Blick auf die Kratzer, die so sehr denen ähneln, die auch der Wolf ...

Nein, das ist unmöglich. Das Bein, das unter der Decke hervorschaut, sieht blau und lädiert aus, wie die Pfote des ...

Ich ziehe die Decke über den Eindringling und versuche, die Panik in mir zu bewältigen. Ich sollte den Sheriff anrufen, aber eine kleine, irrationale Stimme in mir weist mich darauf hin, dass die Tür abgeschlossen war, die Alarmanlage nicht angesprungen und kein Fenster im Untergeschoß kaputt ist. Das hätte ich gesehen. Wie also kommt ein nackter, höllisch attraktiver und ziemlich lädierter Adonis in mein Schlafzimmer?

Ich weiche zur Treppe zurück und eile in die Praxis hinunter. Ich konnte ihn nur überraschen, weil ich über die Außentreppe zu meiner Wohnung hochgekommen bin, aber da waren auf den Treppenstufen im Schnee keine Fußspuren gewesen, die auf einen Eindringling hingewiesen hätten. Auch vor der Praxis war der Schnee, der seit zwanzig Minuten dicht und schwer fällt, noch jungfräulich und ohne Fußspuren. Er kann unmöglich geflogen sein. Ich eile zu dem kleinen Raum mit den Boxen, in denen normalerweise Haustiere zur Beobachtung oder nach einer Narkose untergebracht werden. Die große Hunde-Box, die bis vorhin einen ziemlich angeschlagenen Wolf enthalten hat, ist offen. Der Schlüssel, der definitiv am Haken hing, liegt achtlos vor der Box auf dem Boden. Und ich habe im Wohnzimmer einen Kerl, der genau die Wunden hat, die auch der Wolf hatte. Zitternd greife ich in meine Manteltasche und rufe die einzige Person an, der ich zutraue, mich nicht in ein «Hab-Dich-lieb-Jäckchen» zu stecken, wenn ich ihr meinen Verdacht anvertraue.

Ivy steht neben mir und sieht auf die Decke, unter der sich ein menschlicher Umriss abzeichnet. Nur ein paar dunkle Haare schauen oben am Kopfende des Bettes hervor. «Ist er tot?», fragt sie und ich zucke mit den Schultern.

«Ich hab ihm nur einen Elektroschock verpasst», gebe ich kleinlaut zu. «Ivy, ich bin gegangen, da war ein Wolf in meiner Praxis, mit riesigen Kratzern auf der Flanke, in einer verschlossenen Box. Jetzt ist die Box leer, die Türen waren alle noch abgeschlossen, als ich zurückkam und ich habe einen Mann in meiner Wohnung. Ich weiß, ich bin schon relativ lange Single, aber in der Regel liefert Amor nicht ins Haus. Und wie kann es sein, dass der Kerl die gleichen Verletzungen hat, wie der verschwundene Wolf?»

Ivy seufzt und zieht die Decke ein wenig nach unten. Der dunkle, dichte Haarschopf erscheint zuerst, dann eine hohe Stirn und das kantige, attraktive Gesicht. Der Bart ist ein wenig zu lang für den typischen Drei-Tage-Bart, aber gepflegt. Die Lippen sind sinnlich und voll.

«Höllisch attraktiv. Warum hast du ihn aus dem Schlafzimmer rausgelockt?», fragt Ivy trocken und ich werfe ihr einen bösen Blick zu.

«Er war nackt. Er hat sich das da», ich deute auf das Kissen, dass mir meine minderjährige Nichte geschenkt hat, «vor sein Zepter gedrückt. Was hätte ich deiner Meinung nach tun sollen?»

Ivy zieht die Decke tiefer, der weiche Wollstoff rutscht über seine Brust, enthüllt Muskeln und jede Menge Haut.

Ich hatte nie gedacht, dass ich Brusthaar mal attraktiv finden würde, aber Hölle, dieser Kerl hat einen Körper, um den ihn Supermann beneiden würde. Ivy zieht langsam die cremefarbene Decke weiter nach unten, entblößt die Kratzer und stoppt kurz vor der Offenlegung des *Piece de Resistance*, was er versucht hat, mit dem albernsten Kissen der Welt zu verstecken. Ivy legt den Kopf schief, ihre langen schwarzen Haare fallen ihr ins Gesicht, und mustert mit interessiertem Blick ihre Enthüllung und die beeindruckenden Bauchmuskeln. Das würde Ryze bestimmt nicht gefallen.

«Mhm», sagt sie dann und seufzt. «Ich fürchte, wir müssen ihm helfen. Nicht dass du deswegen Schwierigkeiten bekommst.» Sie macht keine Anstalten, sich zu bewegen, und starrt ausgiebig. Ich starre auch und schäme mich ein wenig. Aber hey, wir gucken ja nur.

«Wir sollten ihn in dein Bett legen. Und besser nicht den Sheriff rufen. Das würde nur zu weiteren Problemen führen.»

Sie beugt sich vor und zieht die Decke wieder höher, bis sie über seiner Hüfte liegt. Dann räuspert sie sich und scheint sich zu sammeln.

«Wie sollen wir ihn dort hinbekommen? Er wiegt bestimmt eine Tonne!», frage ich und Ivy runzelt ihre Stirn.

«Zu zweit sollten wir ihn bis zu deinem Bett ziehen können. Dann sehen wir weiter.» Sie seufzt. «Und dann rufen wir Ryze an. Er wird helfen. Ich glaube, der Kerl heißt Hunter Nelson. Kenai hat ein Zimmer bei mir für ihn gebucht und er ist nicht aufgetaucht.»

Ich runzele die Stirn.

«Kenai? Dieser Eigenbrödler? Gehört der nicht zu dieser komischen Kommune, die hinter den Wasserflugzeughangars im Wald ihre Häuser haben?»

«Cat, das ist keine Kommune von komischen Eigenbrödlern.» Ivy seufzt. «Das sind sehr nette Einheimische, die nur sehr zurückgezogen leben. Und sie sind Wölfe. Und ich denke, er hier», sie deutet mit dem Kopf auf den Mann in meinem Bett, «ist auch einer. Verflixt, ich dürfte das eigentlich gar nicht sagen!»

Ich starre Ivy an. Hat sie einen Schlag auf den Kopf bekommen?

«Klar. Und gleich kommt Papa Schlumpf und singt uns ein Weihnachtslied», sage ich schnippisch. Aber ein kleiner Teil in mir weiß, dass sie hier nur meinen Anfangsverdacht bestätigt. Er kann nur der Wolf sein, wie sonst wäre er hier hereingekommen?

«Ich erklär dir alles, versprochen, aber jetzt pack mit an. Wir sollten ihn in dein Bett bringen. Er ist verletzt und du hast ihn getasert. Ich will nicht, dass du Ärger bekommst. Ich weiß, es gibt ein Abkommen, dass die Vampire und Wölfe die Menschen nicht verletzten, aber ich hab ehrlich keine Ahnung, was mit Menschen passiert, die Werwölfe tasern. Ich weiß ja auch erst seit einem Jahr davon.»

Ein Schauer des Entsetzens läuft mir über den Rücken. «Es gibt Vampire *und* Werwölfe?», frage ich, packe aber tatkräftig mit an.

Ivy ist schwanger. Sie sollte nicht so schwer heben, aber vereint zerren wir den Mann an den Armen – jeder hat einen gepackt – über das Parkett zurück in mein Schlafzimmer.

«Und was soll ich jetzt machen? Woher weißt du das alles?», frage ich weiter.

Ivy seufzt und wir zerren den Wolf-Mann weiter zu meinem Bett. «Cat, es tut mir leid. Lass uns den Kerl in dein Bett packen und Ryze anrufen. Er wird wissen, was zu tun ist. Er ist im Rat der paranormalen Wesen.»

Ich erstarre. «Es gibt einen ganzen Rat? Und was hat Ryze damit zu tun?»

Ivy wird blass. «Dreh nicht durch, Cat. Ryze ist ein Phönix.»

Ich starre Ivy an. «Du machst Witze. Ryze ist doch kein brennendes Hühnchen. Warum erzählst du mir so eine gequirlte Scheiße?»

In diesem Moment verändert sich die Hand des Mannes in meiner und wird ... eine Pfote. Die Gestalt wandelt sich und ich springe zurück. Ein grauer, großer und verletzter Wolf liegt jetzt in meinem Bett, der Mann ist verschwunden. Das riesige Tier wimmert, aber seine Augen bleiben geschlossen.

«Verdammt», murmelt Ivy. «Hast du einen Maulkorb? Nicht, dass er beißt, wenn er aufwacht.»

Ich falle auf meinen Hosenboden und fixiere Ivy, vollkommen überfordert und von ihrer Coolness total außer Gefecht gesetzt.

6. Kapitel – Cathrin

Türchen 6

Ryze ist mit Ivy nach Hause gefahren, sie haben fast die ganze Nacht mit mir am Bett des verletzten Wolfes gewacht, aber Ivy ist verständlicherweise müde. Immerhin ist sie schon im zweiten Drittel ihrer Schwangerschaft. Die Dämmerung ist nicht mehr weit entfernt, aber ich kann nicht schlafen und bin noch zu aufgewühlt. Ryze kam, nachdem Ivy ihn angerufen hatte, mit Koda und Alesha, einer sympathischen Frau, die von den Bärwandlern als Heilerin geachtet wird.

Und ja, es gibt nicht nur Werwölfe, sondern auch Werbären. Ich habe nicht gewagt, weiter nachzuforschen.

Koda und Ryze haben mich schwören lassen, dieses Geheimnis zu wahren. Wem sollte ich so was auch erzählen? Cole? Der glaubt mir das nicht und würde mich zum Neurologen bringen. Meinen Eltern? Das Telefonat würde legendär werden.

Folglich kann ich es guten Gewissens für mich behalten. Ich habe kein Interesse an medizinischer Folterbekleidung in Form einer Zwangsjacke, wenn ich anfange, etwas von Werwölfen zu faseln. Oder Werbären.

Offenbar hat Hunter Nelson so schwere innere Verletzungen durch den übereifrigen Angriff territorialer junger Bären erlitten, dass ihn sein Körper wieder in die für die Heilung bessere Tiergestalt zurück gezwungen hat. Alesha konnte zudem nicht ausschließen, dass mein gut platzierter Elektroschock für die Rückverwandlung mitverantwortlich ist. Die einzig gute Nachricht scheint zu sein, dass er morgen mit Glück so weit erholt sein sollte, dass er zu Ivy ins B&B umziehen kann.

Ich sitze am Bett und beobachte die schlafende Gestalt des riesigen Wolfs, der dank Aleshas Heilkünsten, die meinen in seinem Fall um einiges überlegen waren, ruhig schläft. Selten war ich so nah an einem Wildtier, ohne Betäubung oder Gitter. Nur, dass er kein echtes Wildtier ist.

Meine Welt steht Kopf. Die Gedanken an Vampire, Bärwandler und die Tatsache, dass Snow Falls sowas wie die paranormale Arche Noah darstellt, kreisen noch immer in meinem Hirn herum. Vorsichtig schiebe ich meine Hand über die Matratze und lasse meine Finger in das dichte, weiche Fell hinter den Ohren des Wolfes versinken. So weich. Unmöglich, dass das ein Mensch sein soll. Aber er ist es. Ich habe es selbst gesehen. Vorsichtig ziehe ich meine Hand wieder zurück und starre ihn an, warte darauf, dass etwas passiert. Wird er sich zurückverwandeln? Wegrennen, wenn er wach wird? Oder – entgegen Kodas Versicherung – mir den Kopf abbeißen?

Ich glaube dem Bärwandler, der so sanft und abgeklärt wie möglich versucht hat, mir alles zu erklären. Und ich verstehe, dass Hunter Nelson sich erst einmal erholen muss, bevor ich ihn aus meinem Bett werfen kann. Also bin ich jetzt für ihn verantwortlich. Müdigkeit übermannt mich, aber ich zwinge mich, mit meiner Decke auf dem Stuhl neben dem Bett auszuharren und den Blick nicht von ihm abzuwenden.

Der Duft nach Kaffee zieht mir in die Nase und meine Lebensgeister erwachen langsam. Mein Blick fällt auf das Bett. Mein leeres Bett. Einen Moment hinterfrage ich nichts, dann fällt mir alles wieder ein. Ich springe auf und der Stuhl fällt polternd um. Der verdammte Wolf ist weg!

«Tut mir leid. Ich fürchte, ich habe dir einen riesigen Schreck eingejagt.» Er steht hinter mir, zwei

Tassen Kaffee in den jetzt wieder menschlichen Händen. Offenbar hat er die von Koda für ihn hier deponierte Kleidung entdeckt. Er trägt eine etwas zu weite Jeans und einen blauen Rollkragenpullover, der so eng ist, dass sich jedes Muskelpaket auf seinem Bauch abzeichnet.

Definitiv kein Wolf mehr, sondern ein Mann. Ein äußerst attraktiver Mann. Mein Mund wird trocken. Offenbar bin ich untervögelter, als ich dachte. Immerhin kenne ich ihn nicht. Und es fühlt sich merkwürdig an, ihn attraktiv zu finden. Er ist kein Mensch. Trotzdem steigt mir die Hitze unwillkürlich in die Wangen, während ich meinen Blick von den Bauchmuskeln auf sein Gesicht lenke. Ein unbestreitbar kantiges, maskulines Antlitz, mit dunklem Bartschatten und hellblauen, intelligenten Augen.

«Das könnte man so sagen», bemerke ich und mustere ihn abwägend. Er tritt vorsichtig so weit heran, dass er mir eine Tasse reichen kann. Der Kaffee ist schwarz und, wie ich feststelle, als ich daran nippe, süß. Genauso, wie ich ihn mag.

«Ich habe keine Milch gefunden, aber der Zucker stand direkt neben der Maschine. War meine Deduktion richtig?», fragt er ruhig.

Ich nicke und nippe noch einmal an der Tasse, um mich von der Tatsache abzulenken, dass ich hier mit einem Prachtexemplar von Mann neben meinem Bett stehe.

«Ich erinnere mich an ein paar Fragmente der Gespräche von heute Nacht. Offensichtlich verdanke ich es dir und dieser Bärwandlerin, dass ich heute schon wieder stehen kann.»

Ich nicke erneut und schweige. Er seufzt. «Du weißt, dass du mit niemandem darüber reden darfst, was du gesehen hast?», fragt er weiter und das kommt jetzt vorsichtig-besorgt heraus.

«Ja, das wurde das ein oder andere Mal durchaus erwähnt.» Meine Stimme ist so emotionslos, dass ich selbst erstaunt bin.

Ich stehe wohl doch unter Schock. Normalerweise reden meine Patienten nicht mit mir. Sie winseln, miauen, bellen und fiepen. Sie machen mir keinen Kaffee oder haben schöne, lange Finger, die sich um meine Lieblingstasse winden. Ich beobachte, wie er seinen Mund an den Tassenrand legt. Ich werde nie mehr aus diesem Becher trinken können, ohne an diese sinnlichen Lippen zu denken. Was in Drei-Teufels-Namen ist nur los mit mir?

«Es tut mir leid, dass ich dich gestern erschreckt habe. Ich wollte jetzt auch nicht einfach abhauen, ohne mich zu bedanken. Immerhin hast du mich gut versorgt.»

Er macht tapfer Konversation und sieht dabei so verkrampft aus, wie ich mich fühle. Die Situation ist albern. Er hat mich weder gebissen noch gefressen. Und fürs Protokoll, so, wie sich seine Bauchmuskeln unter dem Pullover abzeichnen, gäbe es schlimmere Schicksale, als vom großen, bösen Wolf vernascht zu werden. Ich weiß immerhin, was für eine beachtliche Zuckerstange auf jedes Mädchen wartet, dass es schafft, ihn aus seinem Pelz herauszulocken. Mein Gesicht hat mit Sicherheit jetzt einen schönen satten himbeerfarbenen Ton angenommen.

«Es tut mir wirklich leid», sagt er nochmals und tritt einen Schritt zurück. «Ich werde gleich loslaufen, mein Auto steht auf einem Waldparkplatz in fünf Kilometer Entfernung. Ich hatte ein Zimmer im *Lakeside Bed and Breakfast* gebucht und sollte mich dort entschuldigen, dass ich gestern nicht angereist bin.»

Ich seufze und reiße mich zusammen. «Ivy, die Besitzerin, war gestern hier. Ich denke, Sie sind entschuldigt.» Meine Stimme klingt, als würde ein Frosch kläglich verenden. Verdammte Hormone.

Er wirkt verlegen und verkrampft. Warum?

«Ich bin nur froh, dass Ihr Freund nicht da war. Dieser Cole wäre nicht erfreut gewesen, wenn er mich nackt bei Ihnen gefunden hätte.»

Oh. Er denkt, mein Cousin ist mein Freund.

Ich überlege, ob ich den Irrtum aufklären soll, entscheide mich aber dagegen. Er ist auf der Durchreise. Ich bin hier fest verwurzelt. Er ist ein Para. Ich bin Tierärztin. Er fasziniert mich und das kann nicht gesund sein. Und jede Kreatur, mit Fell oder ohne, die mich dazu bringt, wie ein abnippelnder Frosch zu klingen, sollte besser schnellstmöglich aus meinem Leben verschwinden. Ich habe keine Zeit für seine Pheromone oder was immer das ist, dass meine Libido aus dem Winterschlaf geholt hat.

«Was schulde ich Ihnen für die-» Er stockt, schluckt, seufzt und fährt dann fort. «Ärztliche Versorgung?»

«Nichts. Geht aufs Haus. Wildtiere mach ich umsonst.» Der letzte Satz ist mir so rausgerutscht und ein Grinsen schleicht sich auf seine Züge.

Schnell spreche ich weiter.

«Koda bat mich, Sie zu bitten, ihm einen Besuch abzustatten, wenn Sie sich erholt fühlen. Ich fahre Sie jetzt zu ihrem Auto. Sie sind noch nicht wieder auf dem Damm und sollten sich nicht überanstrengen.»

Den letzten Satz hatte ich nicht geplant, aber er ist ausgesprochen, bevor ich mein Mundwerk bremsen kann. Er zögert einen Moment und nickt dann. «Sehr freundlich von Ihnen, Miss ...»

«Picard. Du kannst mich aber Cathrin nennen. Immerhin hast du schon in meinem Bett geschlafen.»

Er runzelt die Stirn. Warum habe ich jetzt das Bett erwähnt? Offenbar hat diese ganze ‹Paras-in-Snow-Falls-Enthüllung› meine letzten funktionierenden Hirnzellen paralysiert.

«In dem Fall nenn mich bitte Hunter. Freut mich sehr, dich kennenzulernen, Cat.» Er übergeht meine Bemerkung mit dem Bett, aber mit seinem Blick fixiert und mustert er mich, so intensiv, dass ich mich frage, was er sieht.

Dass er die Koseform meines Namens genannt hat, lässt es in meinem Magen kribbeln. Offenbar habe ich nicht nur Pheromone, sondern auch noch einen Hormonhaushalt. Was sieht dieser Adonis? Eine hochrote, dreißigjährige Tierärztin, mit einem Snoopy-Shirt und einer Jogginghose, die Haare zu einem wirren Messy-Bun zusammengeknäult.

Ich muss ihn loswerden. Schnellstens. Ich denke nie darüber nach, wie ich aussehe. Und ich habe nicht vor, heute seinetwegen damit anzufangen.

«Warte kurz im Wohnzimmer. Ich ziehe mir nur etwas über, dann fahre ich dich zu deinem Auto.»

7. Kapitel – Hunter

Türchen 7

Ihr Wagen ist voller Schnee und ich helfe Cat, ihn zu räumen. Sie hat mir eine Jacke und derbe Stiefel gegeben, die dieser Koda ihr ebenfalls für mich dagelassen hat. Die Schuhe sind ein wenig groß, aber bis ich meine eigenen Sachen anziehen kann, wird es gehen.

Die Frau, die mich heute Nacht mit einem Taser ausgeschaltet hat, ist ein Mysterium für mich.

Sie errötet auf eine bezaubernde, unschuldige Art und Weise. Ihr Freund, dieser Cole, wohnt nicht bei ihr, aber er hat gestern mit ihr zusammen meinen Arsch gerettet. Sie sendet verwirrende Signale. Signale, die mir egal sein sollten. Egal sein müssen. Ich will hier ein Zuhause für mein Rudel finden, keine Affäre beginnen. Ich war nie der Typ für eine feste Beziehung. Wie auch, immerhin ist es nicht einfach, den inneren Wolf vor einer Freundin zu verstecken. Alle vier Wochen macht mir der Mond schon genug zu schaffen, auch ohne, dass ich meine Natur vor einer Partnerin verbergen müsste.

Und jetzt? Habe ich mein Wesen einer wildfremden Tierärztin offenbart. Und bin gebeten worden, ein Rudel Werbären aufzusuchen, die offenbar einen Sport daraus machen, Wölfe zu verletzten und sie dann wieder zusammenzuflicken. Aber vor allem anderen muss ich erst zu Kenai. Ich habe zu wenig Informationen, um hier weiter im Dunkeln zu tappen, und werde nicht ohne Rücksprache mit dem hier ansässigen Rudelchef zu den Bären gehen.

«Danke», sagt die Tierärztin.

Das niedliche Snoopy Shirt ist unter einem grauen Wollpullover verschwunden, die warm-braune Haarmähne unter einer ebenso grauen Mütze mit einem Bommel, der lustig hin und her baumelt. Ihre Jacke ist ebenfalls in einem Grauton gehalten, als würde sie versuchen, so wenig wie möglich aufzufallen. Was sie nicht nötig hat. Sie hat klassische Gesichtszüge und eine Bombenfigur. Sie würde selbst in einem Schlafsack gut aussehen. Ein Bild vor meinem inneren Auge, von ihr und mir, eingeschnürt in einem Schlafsack, sorgt dafür, dass ich schnell den Besen abklopfe und einsteige, bevor mir die Situation erneut entgleitet. Das Auto ist eiskalt, ein Umstand, der mir entgegenkommt. Cat hat nur Fingerhandschuhe an und flucht leise, bis der Wagen endlich anspringt und die Lüftung eisige Winterkälte ins Auto bläst. Hektisch versucht sie, den Regler zuzudrehen, zeitgleich mit mir. Unsere Hände berühren sich und sie zieht ihre so schnell weg, als hätte sie sich verbrannt.

«Entschuldigung», murmele ich.

Sie sagt nichts und fährt los, ihr Toyota Rav 4 hat definitiv schon bessere Zeiten gesehen. Er hat Allrad, aber die Heizung kommt nicht in die Gänge, die Lenkung scheint schwergängig zu sein und das Radio klingt, als hätte ein Chinese einen Lautsprecher verschluckt, aus dem jetzt ein altersschwacher Kanarienvogel trällert. Verzerrt-gedämpfte Weihnachtsklänge fluten den eiskalten Innenraum.

«Es war bestimmt ein Schock», versuche ich die verkrampfte Stille zu brechen, die im Auto herrscht.

«Was? Dass du ein Wolf bist oder ich einen fast zwei Meter großen Mann in eine meiner Hundeboxen gequetscht habe?»

Ihre Frage klingt normal, sie konzentriert sich auf die verschneite Straße.

Nur der ätzende Tonfall, der wie ein stahlhartes Messer unter den vermeintlich launigen Worten hervorblitzt, macht mir klar, dass sie auch eine unnachgiebige Seite hat. Wir biegen nach links ab und entfernen uns vom Ort.

«Beides, denke ich», erwidere ich und frage mich unwillkürlich, ob ihre vollen, roten Lippen sich so weich anfühlen, wie sie aussehen.

Offenbar sind Elektroschocks nicht hilfreich dabei, wenn man einen Bärenangriff überlebt hat. Ich scheine nicht ganz bei mir zu sein. Diese Frau hat einen Freund. Egal, wie viele Signale sie vorhin in meine Richtung gesandt hat.

«Zum Glück hast du nicht versucht, mich zu operieren. Wir heilen so schnell, das wäre bestimmt ein Schock geworden.»

Sie nickt und konzentriert sich weiter auf die Straße. Scheint, als müsste ich die Unterhaltung allein bestreiten.

«Hast du schon mal einen Wolf behandelt?», frage ich.

«Nein. Aber einen Rotluchs und einmal einen jungen Bären. Das bleibt hier nicht aus. Hier sind überall Wildtiere und die Menschen dringen immer mehr in ihren Lebensraum ein. Ich bin in einer Non-Profit-Organisation tätig, die sich für den Schutz der Lebensräume einsetzt. Und Malcom, unser Förster, bringt mir immer mal wieder ein verletztes Wildtier. Meist sind es Biber oder Greifvögel.»

Interessiert höre ich ihr zu, als sie von dem Adler erzählt, den sie letztes Jahr behandelt hat. Sie lenkt den Rav sicher über die verschneite Straße, während sie mir mit leuchtenden Augen von der Rückführung des Vogels in die Wildnis erzählt. «... er kommt immer mal wieder vorbei und deswegen habe ich fast immer Steak im Kühlschrank. Ich hoffe, er findet im Frühjahr ein Weibchen, auch wenn seine Besuche dann seltener werden.»

Ich lächle. Es ist unmöglich, sich von ihrer Begeisterung nicht anstecken zu lassen.

Als wir uns dem Parkplatz nähern, steht mein Auto an Ort und Stelle, aber es ist komplett eingeschneit und nur noch ein weißer Klumpen.

«Ist das ein Mietwagen?», fragt Cat und ich nicke.

Sie hält an und ich steige aus. Sie folgt mir und hilft, das Auto vom Schnee zu befreien.

«Danke, aber ich denke, den Rest schaffe ich alleine. Du hast bestimmt noch was anderes zu tun, als dich um mich zu kümmern.»

Sie tritt von einem Fuß auf den anderen. Ihre Nasenspitze ist rot geworden und ich möchte nicht Schuld sein, dass sie sich erkältet.

«Lass den Motor an und den Wagen warmlaufen. Zum einen wissen wir dann, dass er noch anspringt, zum anderen wird er schneller warm.»

Ich gehorche und nach zwei erbärmlichen Jodlern der Batterie, die meine schlimmsten Befürchtungen kurz befeuern, springt der Lexus an. Ich steige aus und sie tritt zu mir.

«Gut, jetzt kann ich dich deinem Schicksal überlassen.» Sie schluckt und fügt hastig hinzu: «Bitte lass dich nicht erneut in irgendwelche Schluchten werfen.»

Ich nicke. Wir stehen uns gegenüber und auf einmal möchte ich nicht, dass sie geht. Ich habe das Gefühl, nicht genug von ihr zu wissen. Ein Gefühl, das ich noch nie gegenüber einer menschlichen Frau empfunden habe. Gegenüber einer Frau, die ich nicht mal vierundzwanzig Stunden kenne.

«Ich werde es versuchen», bringe ich heraus und meine Stimme klingt dunkler als normal. «Ich kann dir natürlich nichts versprechen.»

Sie schluckt und ihr Blick ruht auf meinen Lippen.

«Also», murmelt sie und ich strecke die Hand aus, unbeholfen und befangen. Ein Handschlag erscheint mir irgendwie unzulänglich.

Wie verabschiedet man sich in so einer Situation?

Sie ergreift meine Hand und ein Kribbeln wandert meinen Arm hinauf.

«Also», sagt sie ebenfalls leise.

Wir sehen uns in die Augen und ich beuge mich ein wenig vor. Warum, weiß ich selbst nicht, aber ihr Blick verharrt weiter gebannt auf meinen Lippen.

«Ich kann dir wirklich nicht genug danken», sage ich sanft und sie hebt den Kopf. Jetzt brennt sich ihr Blick in meinen und ich muss schlucken. Das Tier in mir übernimmt. Auf einer so ursprünglichen, instinktiven Ebene senke ich den Kopf tiefer, lasse meine Lippen über ihren schweben. Unsere Atemluft mischt sich und ihr ureigener Duft dringt mir in die Nase. Verdammt. Ich habe davon gehört, aber nie geglaubt, dass ich eine Frau finden würde, die sowohl meinen Wolf als auch meine menschliche Seite bezaubern könnte.

Und so warte ich darauf, dass sie den Schritt geht, den letzten kleinen Rest Winterluft überbrückt und mich küsst.

8. Kapitel – Hunter

Türchen 8

Das Territorium der Wölfe hier in Snow Falls ist genau das, was ich mir für mein Rudel wünschen würde. Nah genug an der Stadt und trotzdem abgelegen.

Häuser sind mehr als ausreichend vorhanden und so würde es tatsächlich jeder Familie im Rudel möglich werden, ein eigenes Domizil zu beziehen. Und das großzügige Gebäude, das recht schmucklos und zweckmäßig in der Mitte der kleinen Siedlung im Wald hinter dem Wasserflugplatz liegt, ist perfekt als Büro und Firmenzentrale geeignet.

Kenai hat mir Koda offiziell vorgestellt. Ryze, den Phönix, habe ich im *Bed and Breakfast* kennengelernt. Ich habe mich bei ihm für die Hilfe bedankt und er witzelt die ganze Zeit, dass ich Glück hatte, dass die

Tierärztin mich nicht kastriert hat. Ich greife zum Telefon und wähle die Nummer meines Cousins.

«Hey, Hunter. Was gibts?», sagt Liam und wie immer freue ich mich, seine Stimme zu hören. Wir haben uns eine gute Woche nicht gesehen und normalerweise sind wir nicht so lange getrennt. Es ist auch für mich eine Premiere, das Rudel über so einen langen Zeitraum in seine Hände zu geben.

«Hier ist alles perfekt. Hör auf, dir unnötig Sorgen zu machen. Viel wichtiger ist doch: Wie läuft es bei dir?», frage ich und er seufzt theatralisch. Ich kann förmlich spüren, wie er sich in seinem Stuhl zurücklehnt, die Beine mit seinen Cowboystiefeln lässig auf den Schreibtisch legt und grinst.

«Wie immer. Ruth meckert, weil sie nicht in der Nähe der anderen Rudelmitglieder wohnen kann, weil hier kaum Grundstücke zu erschwinglichen Preisen verfügbar sind. Allein diese Woche hat sie wieder drei Bruchbuden besichtigt.»

Liam seufzt und diese Schilderung gibt mir mit dem Umzug recht. Er fährt fort, bevor ich fragen kann, ob Ruth überlegt, eine der Bruchbuden zu erwerben. «Die Welpen machen Ärger, wo sie nur können und es wird Zeit, dass sie sich endlich austoben. Ich laufe abends mit ihnen, aber es ist nur ein dürftiger Ersatz für das, was sie brauchen. Nebenher versuche ich, aus Patricia eine halbwegs vernünftige Programmiererin zu machen, wenn mich nicht gerade die Rudel-Weh-Wehchen vom Arbeiten abhalten. Sie sind rastlos, Hunter.»

Ich grinse. «Tja, da weißt du mal, wie es mir immer geht. Diese Weh-Wehchen sind ja der Grund, warum ich hier in Kanada abhänge. Was macht Eileen?»

Er schnaubt. Seine Zwillingsschwester ist unsere Marketingstrategin und mit Liam zusammen das Beta-Paar des Rudels sowie mit mir die Geschäftsführer der Firma. Sie ist die einzige Person, die über meine Pläne nicht erfreut sein wird. Eileen ist eine Zivilisations-Frau. Eine Starbucks, High-Heels und Sushi-Restaurants huldigende Großstadtpflanze. Eine der Business-Woman, die ohne mit der Wimper zu zucken 600 Dollar für ein paar Schuhe auf den Tisch legt, wenn sie ihr gefallen und sie ihr Image unterstützen.

«Sie hat gehört, wo du bist und warum. Tante Ruth hat geplaudert. Meine Schwester ist bereit, dir und mir die Eier abzureißen, weil wir ihr nichts davon gesagt haben. Und als ich ihr gestehen musste, dass es nicht nur nach Kanada gehen soll, sondern auch noch in die Wildnis, weit weg von Malls, Starbucks und Happy Hours....» Er stockt und gluckst. «Junge, du wirst so den Arsch aufgerissen bekommen, wenn sie dich in die Finger bekommt.»

Ich seufze. «Sie wird vielleicht nicht begeistert sein, allerdings habe ich meine Entscheidung bereits getroffen, zum Wohl des Rudels. Ich habe gestern Kenai zugesagt, das Territorium zu erwerben, vorausgesetzt, der Rat der Paras im Ort stimmt zu.»

Liam schweigt und ich spüre, wie dieses Schweigen an meiner Geduld zerrt.

«Bist du etwa auch dagegen? Ist Kanada eine Schnapsidee?», frage ich genervt.

Ich suche seit dem Tod meines Großvaters vor sechs Jahren eine Lösung, seit dem Tag, als ich Rudel-Alpha wurde. Mir wäre auch lieber, mein Vater wäre quicklebendig und der Rudel-Alpha. Dann würde nicht ich diese Entscheidung treffen müssen. Allerdings ist hier alles perfekt für ein Wolfsrudel. In dieser Umgebung können wir unerkannt beiden Teilen unseres Wesens gerecht werden. In Montana sind wir weit verstreut und haben keine Möglichkeit, unsere Wolfsnatur als Rudel gemeinsam auszuleben.

«Nein, Mann. Niemand weiß besser als ich, wie dringend wir ein Territorium benötigen, indem wir auch das Rudel örtlich wieder vereinigen können. Aber es wird hart für einige, so weit weg zu ziehen. Wir brechen hier alle Zelte ab. Die Welpen müssen die Schule wechseln und wir reißen alle aus ihrem gewohnten Umfeld. Einige werden sich sperren, vielleicht sogar weigern.»

Als ob ich das nicht wüsste. Montana mag unser Geburtsort sein, aber es hat uns nichts mehr zu bieten. Wir haben dort nie eine Heimat gehabt, waren immer nur wie Nomaden durch den Staat gezogen, von einer Stadt zur nächsten, nachdem unsere Vorfahren ihr Land in der Wirtschaftskrise der Zwanzigerjahre verloren hatten. Es ist utopisch in Montana ein so großes Grundstück zu finden, was wir uns leisten können, auch wenn wir nicht gerade arm sind. Die Grundstückspreise sind jedoch explodiert. Montana ist ein teures Pflaster geworden. Kenais Territorium ist riesig und um einiges billiger. Manitoba ist in diesem Punkt Montana um Längen voraus.

Momentan wohnen wir so weit verstreut, dass sich das Verhältnis zu den anderen Rudelmitgliedern gedämpft anfühlt. Das mag für Menschen in Ordnung gehen, wir leiden tief unter der Trennung von unserer Familie. Und das wiegt schwerer als kurzfristiges Unbehagen wegen eines Ortswechsels oder sogar eines neuen Landes oder dem Verlust des Freundeskreises.

«Kanada wird unsere Heimat. Ich bin der Alpha. Sie müssen mir folgen», sage ich, obwohl ich die Macht, die der Rolle des Alphas anhaftet, nur ungern hervorkehre.

«Hey, Mann, ich bin auf deiner Seite. Eileen wird toben, aber auch sie wird hinter dir stehen, zumindest wenn andere vom Rudel fragen. Unter uns dreien wird sie dir zwar die Eier abreißen, aber hey, du warst noch nie der Casanova von uns.» Liam klingt mitleidlos und ich schweige. Momentan denke ich so viel an eine brünette Tierärztin, dass ich mir sicher bin, dass ich meine Eier noch brauchen werde.

Ich verfluche mein zu vorschnelles Vorgehen an jenem Morgen und bekomme seitdem ihren Duft nicht mehr von meiner Zunge. Der Wolf in mir hat ihren Geruch so tief abgespeichert, dass ich weiß, dass ich bis zum Hals in Schwierigkeiten stecke. Es ist unüblich, dass sich ein anderes Wesen so tief im eigenen Selbst verankert. Das, was es bedeutet, kann ich zwar versuchen zu bagatellisieren, aber ich habe nie zur Selbstverleugnung geneigt.

Ich will die Tierärztin. Und nicht nur für einen One-Night-Stand. Sie fasziniert mich.

«Also ist es beschlossen. Soll ich unser Firmengebäude zur Vermietung oder zum Verkauf ausschreiben?»

Laut Kenai und Koda ist die Zustimmung des Rates nur eine formelle Sache und Delia Donovan hat für das hier ansässige Rudel schon einen Vorvertrag entworfen, den wir gestern unterzeichnet haben.

Noch gut eineinhalb Monate - dann ist das Rudel im Besitz eines riesigen Waldareals mit gut drei Dutzend Blockhäusern, einem kleinen Heizkraftwerk und einem Zugang zum See und dem Gebirge. Meine Entscheidung steht und ich werde sie nicht weiter hinterfragen.

Es ist ein vernünftiger und längst überfälliger Entschluss.

«Ja, gib es zum Verkauf an einen Makler. Wenn wir die Brücken abbrechen, dann richtig. Keine halben Sachen.»

9. Kapitel – Cathrin

Türchen 9

Ich nicke Mrs Beaver zu, die mit ihrem Yorkie aus der Praxis geht, und schließe die Tür hinter ihr ab. Die letzte Woche war lang, aufreibend und voller mittlerer Katastrophen. Seit Samstagabend ist der Wurm nicht nur im Apfel, er hat seine Familie mitgebracht, den Baum übernommen und ein Nachbarschaftsfest ausgerufen.

Ich habe meine heutige Sprechstunde leidlich gut über die Bühne gebracht, aber das war schon alles, was in den letzten Tagen nach Plan lief.

Ernie, einer von Coles Kaltblütern, hatte Samstag eine Kolik. Statt einen tollen Abend bei Ivy mit Weihnachtsplätzchen backen habe ich die Nacht und den Sonntagmorgen im Pferdestall neben der Sägemühle verbracht. Mein ruhiger Sonntag, den ich dringend nach der Wolfs-Sache gebraucht hätte, war eh schon im Eimer, zudem hatte ich jetzt schon das zweite Wochenende in Folge Notdienst. Normalerweise bleibt es recht ruhig, gestern kamen aber einige Fälle aus den Nachbarorten. Ein Hund, der Schokolade gefressen hatte und den sein Herrchen erst heute Nachmittag abgeholt hat. Ein Nymphensittich, der im Behandlungszimmer ausgebüchst ist und alles vollgeschissen hat, bis ihn seine Besitzerin wieder einfangen konnte. Zu allem übel ein angefahrener Luchs, den Malcom heute abgeholt und zur Wildtierstation gebracht hat. Bis ich das Bein der Wildkatze gestern gerichtet hatte, war es nach Mitternacht. Ich hab es nur bis zur Couch geschafft und seit heute Morgen fühle ich mich, als hätte mich ein D-Zug in Zeitlupe überrollt. Aber alle Patienten, einschließlich Ernie und dem dämlichen Sittich-Houdini sind wohlauf. Die behandelnde Tierärztin eher weniger, aber das interessiert ja keinen.

Ein normaler Montag nach einem harten Wochenende, bei dem ich das Back-Event verpasst habe und somit meine Chance, mit einem guten Grund im Bed and Breakfast aufzutauchen, um eventuell ganz zufällig einem gewissen Werwolf über den Weg zu laufen.

Mein Plan, heute Morgen bei Naomis im Grizzly zu frühstücken, ist ebenfalls ins Wasser gefallen.

Mein dämliches Auto ist nicht angesprungen und ich musste die Batterie erst laden. Jetzt renne ich fast zu meinem unzuverlässigen Vehikel, obwohl es immer stärker schneit.

Der Kaffee ist alle. Ich bin hundemüde und habe nichts mehr im Kühlschrank. Sogar die Mäuse haben gestern meine Wohnung mit Tränen der Verzweiflung in den Augen verlassen.

Mrs Beaver fährt winkend an mir vorbei und hupt, aber mehr als ein müdes Lächeln bekomme ich nicht hin. Ich brauche Kaffee, Nahrung und dringend eine Dusche. Mein Auto beendet meine Pechsträhne und springt an, das erste Erfolgserlebnis seit ich ...

Ich fahre ruppig an und das Heck rutscht über die Schneedecke. Ich verdränge den Gedanken an Hunter, den Werwolf. Meine Reifen müssten erneuert werden, aber ich finde einfach keine Zeit, zu Kane zu fahren und das zu erledigen. Kane, der genauso groß ist wie ... Hunters Gesicht schleicht sich wieder in meinen Kopf und ich stöhne, während der Scheibenwischer versucht, die pappigen, dicken Schneeflocken zu bewältigen, die mir die Sicht nehmen.

Vor einigen Tagen hätte ich beinahe einen mir völlig fremden Mann auf einem Parkplatz geküsst. Dass ich zurückgeschreckt bin, verdanke ich einzig und allein der Tierwelt. Das Röhren eines Elches im Wald und ich bin gerade noch rechtzeitig zur Vernunft gekommen. Hunter hat nichts gesagt, als ich wie von Dämonen gejagt in mein Auto gesprungen bin und das Weite gesucht habe.

Seitdem habe ich ihn nicht mehr gesehen, bestimmt ist er längst wieder abgereist. Keiner bleibt lange in Snow Falls. Es ist und bleibt ein Nest in der Wildnis Manitobas. Trotzdem hoffe ich, dass er sich von seinem Sturz wieder erholt hat.

Müde fahre ich ins Ortszentrum und bin froh, dass ich direkt vor *Hanks Groceries* einen Parkplatz finde, der nicht zugeschneit ist. Als ich zum Laden eile, sehe ich, wie Hank das Schild auf ‹Geschlossen› umdreht. Ich stöhne auf und eile zur Tür, aber er hat sich schon abgewandt. Kurz zögere ich, dann klopfe ich in meiner Not heftig an die Scheibe. Hank kommt zurück, stutzt und schließt dann die Tür wieder auf. Grinsend sieht er mich an.

«Ein Notfall?», fragt er launig und hält den Eingang so weit offen, dass ich dankbar in die Wärme des gemütlichen Ladens hineinschlüpfen kann. Ich liebe den altmodischen Charme von Hank und Adalyns Einrichtung. Die beiden sind zudem Kunden von mir – sie bringen ihre Katzen in meine Praxis, seit ich diese eröffnet habe. Sie sind zauberhafte Menschen und ich mag beide unheimlich gern.

«Wage es nicht, mich abzuweisen, Hank. Mein Kaffee ist alle.»

Er hebt die Hände und tritt einen Schritt zurück.

«Ich halte dich nicht auf. Beiß mich nur nicht.»

Das erste Lächeln seit Tagen schleicht sich auf mein Gesicht, als ich mir einen Korb schnappe, Kaffee, eine große Auswahl an Oreos, eine Packung Ben & Jerrys und einen Liter Milch hineinwerfe.

«Cat, wenn ich dich nur damit aus dem Laden gehen lasse, bringt Adalyn mich um.»

Er gibt zwei Bananen, eine Packung Mac & Cheese und zwei weitere Fertiggerichte, sowie eine Flasche Orangensaft in meinen Korb, überlegt kurz, und legt noch eine Flasche Rotwein obendrauf.

«Ich schick dir die Rechnung», brummt er gutmütig. Seine Augen blitzen, das dichte braune Haar fällt ihm in die Stirn und er wirkt vollkommen entspannt.

«Danke, Hank. Ich fürchte, ich bin als Hausfrau ein ziemlich hoffnungsloser Fall.»

Er nickt. «Wann hast du das letzte Mal was richtiges gegessen?», fragt er, während er meine Beute in eine braune Papiertüte einpackt.

«Du meinst warmes Essen? Das war Ende des letzten Monats. Ich war bei Cole eingeladen, er hat sein *Fish and Brewis* gemacht. Claire und ich waren begeistert.»

Hank schüttelt den Kopf. «Das ist kein Essen, das ist eine Zumutung.»

Ich grinse und nehme ihm an der Tür die Tüte ab. «Er liebt es und es war warm. Es zählt also.»

Hank schmunzelt. «Ruf an, wenn du ein wenig Luft hast. Adalyn würde sich freuen, wenn du mal zum Abendessen kommst. Oder wir sehen uns Mittwoch beim Tannenbaumschlagen, ja?»

Ich höre die Besorgnis und die Freundschaft in seinen Worten und fühle mich schuldig. Ich nicke und verabschiede mich mit einem Gähnen. Ich habe Kaffee und bin zufrieden. Die Woche kann ab jetzt nur besser werden.

Als ich die Tüte auf den Beifahrersitz stelle, sehe ich ein nur zu bekanntes Gesicht auf mich zukommen. Verdammt, er ist also noch immer im Ort. Ich spüre förmlich, wie mein Gesicht sich rötet. Mit Sicherheit glühe ich und mein Magen nutzt diesen Moment, um laut und vernehmlich zu knurren.

Ich muss hier weg. Ich brauche eine Dusche, einen Kamm und einen Spiegel. Das letzte Wesen, was mich in Hochform erlebt hat, war Ernie, Coles kranker Kaltblüter.

Ich bin nicht repräsentabel, total übernächtigt und ausgehungert. Kein Zustand, in dem ich mit diesem Wandler zusammentreffen will, der so heiß aussieht, als gehörte er auf einen Laufsteg.

Er trägt feste Boots, eine Jeans, die ihm passt, und einen langen, schwarzen Parka. Sein dunkles Haar fällt ihm locker in die Stirn und der Bart lässt ihn verwegen aussehen.

Ich eile um mein Auto herum und steige ein, in der Hoffnung, hier wegzukommen, bevor er auf der Höhe meines Fahrzeuges ist. Ich drücke das Gaspedal durch und schieße auf die Hauptstraße, genau in dem Moment, als der Chief diese betritt.

Es ist ein Volltreffer.

Ich höre den Aufprall und reiße das Lenkrad herum. Schlitternd komme ich zum Stehen und stoße die Tür auf. Chief Brown liegt reglos mitten auf der Hauptstraße. Hunter eilt auf ihn zu und ich erreiche die beiden kurz darauf.

«Stephen!», rufe ich und zum Glück hebt er den Kopf.

Er sieht recht lebendig aus und ich falle auf die Knie, nehme seine Hand, um seinen Puls zu fühlen.

«Lass das, Cat. Warum versuchst du mich umzubringen? Ich hab dir nicht einmal einen Strafzettel verpasst, obwohl ich gekonnt hätte.»

Ich stoße ein bellendes Lachen aus, das in einem Schluchzen endet. «Du lebst noch. Ich bin ein ziemlich mieser Attentäter, wenn das mein Ziel wäre. Bist du verletzt?»

Stephen richtet seinen Oberkörper auf, mit schmerzverzerrtem Gesicht.

«Ich glaube, ich habe mir das Bein gebrochen. Und es fühlt sich an, als würde ich bluten. Vielleicht auch ein offener Bruch. Ich sollte besser in die Klinik.»

Hunter schüttelt den Kopf, in diesem Moment kommt Hank zu uns. Ich zittere, fühle den Schock und bin froh, dass ich nicht allein bin.

«Hank, können wir den Verunfallten zusammen vorsichtig in Cats Auto setzen? Er muss ins Krankenhaus.» Hunters Stimme ist ruhig und beherrscht.

Der Chief verzieht das Gesicht. «Toll. Ich hab gerade erst meine Schicht angefangen und keine Zeit für sowas.»

Hunter und Hank tragen den maulenden Stephen zu meinem Auto, das mit laufendem Motor auf der Straße steht. Es ist außer uns niemand unterwegs und ich bin froh, dass keiner mitbekommen hat, was passiert ist. Ich zittere noch immer.

«Ich kann einfach nicht ausfallen. Ich muss vor Weihnachten tausend Sachen erledigen und hab heute Nacht zudem eine Verkehrskontrolle durchzuführen», stöhnt der Chief durch zusammengebissene Zähne.

Hunter und Hank tauschen einen Blick.

«Ryze kleine Schwester ist Polizistin. Vielleicht kann sie ja helfen. Ich fahre Sie ins Krankenhaus, Chief. Cat hat offenbar auch einen Schock, ich glaube, sie sollte hier bei Hank bleiben und sich beruhigen.»

«Ich komme mit!» Meine Stimme klingt schrill, aber ich werde den Chief nicht allein lassen. Immerhin bin ich schuld an seiner Verletzung.

«Ryze Schwester ist Polizistin?», fragt der Chief, während sich ein verdächtiger Blutfleck an seiner Uniformhose zeigt.

Schlagartig fällt mir wieder ein, dass ich Medizinerin bin. Tiermedizinerin, aber hey, so wählerisch kann er gerade nicht sein, oder?

«Ist doch egal. Hunter, gib mir meine Tasche vom Rücksitz, bevor wir ihn zur Klinik fahren, muss ich die Blutung versorgen.»

Ich schaue Stephen Brown an und er nickt. Mit bebenden Händen mache ich mich an die Arbeit.

10. Kapitel – Cathrin

Türchen 10

Jackson kommt aus dem Behandlungszimmer in den kleinen Wartebereich der Klinik. Es ist genau genommen nur eine etwas größere Arztpraxis, aber mit einem Röntgengerät, einem gynäkologischen Bereich, in dem einmal in der Woche ein Frauenarzt residiert, einer kompletten Zahnarztausrüstung und fünf Krankenzimmer.

In eines davon hat Meryll, Jacksons Sprechstundenhilfe, gerade den Chief hineingerollt. Nachdem sie ihm das Bein eingegipst hatte. Der Polizeichef hat miese Laune, weil Jackson ihm mitgeteilt hat, dass er alles, was mit Arbeit zu tun hat, die nächsten vier Wochen mindestens vergessen kann. Zu dem, zum Glück, glatten Bruch kommen noch eine Gehirnerschütterung und ein paar geprellte Rippen.

«Cat, gehts dir gut?», fragt Jackson und ich nicke nur.

Hunter sitzt neben mir und schweigt, seit unserer Ankunft hat er nichts gesagt, aber auch nicht das Weite gesucht. Wieso ist er noch hier?

«Du meinst, außer der Tatsache, dass ich den örtlichen Polizeichef über den Haufen gefahren habe?», frage ich kläglich und schuldbewusst.

Ich zittere leicht und fühle mich ein wenig benommen. Ich hatte die Blutung gestillt, bevor wir hierher gefahren sind. Die Platzwunde am Unterschenkel war zwar tief, aber meine Befürchtung, dass Stephen einen offenen Bruch hat, wurde zum Glück nicht bestätigt.

Während der Fahrt habe ich ihm bestimmt einhundert Mal versichert, wie leid mir alles tut.

«Sie sind Hunter, richtig? Sie wohnen bei Ivy?», wendet sich Jackson an den schweigsamen Hünen neben mir.

«Ja», antwortet Hunter nur knapp.

«Bringen Sie bitte Cat heim und sorgen Sie dafür, dass sie etwas isst und sich beruhigt. Sie hat einen Schock und sollte nicht alleine sein, aber ich werde jetzt erstmal den zweiten ziemlich unkooperativen Patienten versorgen. Ärzte und Polizisten sind die schlechtesten Kranken, die man haben kann. Cat, versprich mir, dass du wenigstens versucht, dich zu beruhigen und was zu dir zu nehmen.»

Er hat gut reden, er hat ja nicht auf der Flucht vor der eigenen Libido einen Ordnungshüter erlegt. Trotzdem nicke ich.

«Sagst du dem Chief», setze ich an und Jackson rollt die Augen.

«Dass es dir leid tut? Ja. Mach dir keinen Kopf. Er hat schon mit Ryze kleiner Schwester telefoniert und so, wie ich seine Frau kenne, hast du ihr einen Gefallen getan. Das wird seit langem das erste Weihnachtsfest, an dem er nicht unzählige Eisskulpturen schnitzt und sich so vor den Familienaktivitäten drücken kann.»

Jackson grinst und rollt die Hemdsärmel auf. Er sieht schick aus, trägt eine elegante Weste und eine schwarze Stoffhose.

«Sag nicht, ich hab dir ein Date versaut», stöhne ich. Er grinst schief und zuckt mit den Schultern, dann geht er davon.

«Oh nein», jammere ich leise, während ich Jackson nachsehe.

Hunter blickt mich fragend an.

«Jackson ist ziemlich bemüht, eine Freundin zu finden. Ich habe heute kein gutes Karma.»

Ich stehe auf und halte meine Hand auf.

«Gib mir meinen Autoschlüssel, ich fahr besser heim, bevor ich den Planeten in die Luft sprenge.»

Er schüttelt den Kopf. «Ich fahre. Ärztliche Anweisung.»

Sein Blick ist unnachgiebig und ich fühle mich noch immer wackelig. Das ist der einzige Grund, warum ich einknicke und zögerlich nicke.

Die Fahrt zur Praxis verläuft schweigend. Zum Glück ist es arschkalt um diese Jahreszeit, meine Einkäufe stehen auf dem Rücksitz und das Eis dürfte bei den Temperaturen nicht aufgetaut sein. Ich will eine Badewanne, mein *Ben&Jerrys* und eine kleine Lobotomie wäre auch in Ordnung. Ich bin Hank auf einmal für die Flasche Rotwein dankbar.

Hunter ist ausgestiegen und hat das Auto umrundet, bevor ich reagieren kann. Galant hält er mir die Tür auf und ich murmele ein Dankeschön.

«Du kannst mit meinem Auto zurückfahren. Ich hol es mir morgen bei Ivy ab oder Ryze kann es zurückbringen.»

Er schüttelt den Kopf und geht zum Haus. Wie selbstverständlich schließt er die Tür auf und hält sie für mich offen.

«Jackson hat gesagt, ich soll mich um dich kümmern. Du siehst noch ziemlich blass aus. Hast du schon was gegessen?»

Ich verneine und er nimmt mir die Tüte ab.

«Hunter, ich brauche dringend eine Badewanne und werde mir dazu ein großes Glas Rotwein genehmigen. Du brauchst nicht hierbleiben und mich bemuttern. Ich bin hier sicher.»

Er sieht mich stur an und ich überlege, wie ich ihn loswerden kann.

«Mir geht es gut. Wirklich. Pfadfinderehrenwort.»

«Streck die Hand aus», fordert er mich auf. Er grinst sexy. «Wenn du nicht zitterst, gehe ich. Wenn doch ... bleibe ich aufgrund der ärztlichen Anweisung.»

Ich funkle ihn an und strecke die Finger aus. Meine Hand bewegt sich, als hätte ich Schüttellähmung.

«Ich lass dir eine heiße Wanne ein», sagt er nur und geht mit meinen Einkäufen die Treppe nach oben, als würde er seit Jahren hier wohnen.

Ich muss ihn loswerden! Ich kann nicht eine weitere Nacht mit dem sexy Wolfs-Mann unter diesem Dach verbringen.

«Ich sage Cole Bescheid, er ist in fünf Minuten hier», lüge ich und eile hinter ihm die Treppe hoch.

«Du meinst deinen Cousin Cole, der heute in Thompson übernachtet? Mit seiner Tochter, hat mir Ivy erzählt. Er wollte doch mit Claire ins Kino, oder bin ich da falsch informiert?»

Das ist der einzige Punkt, den ich an Kleinstädten hasse. Es ist unmöglich, etwas geheim zu halten. Ivy hat mich verpetzt. Diese kleine Romantikerin werde ich mir morgen zur Brust nehmen.

«Es hätte klappen können», gebe ich mich geschlagen und seufze leise.

Er grinst. «Ja. Aber ohne dich zu beunruhigen: Ich habe einen ausgezeichneten Geruchs- und Hörsinn. Du solltest jetzt noch nicht alleine sein, Cat. Dein Herz rast. Du bist noch immer aufgeregt. Und so kann ich dir ein wenig deiner Freundlichkeit zurückgeben. Wie wäre es: Ich lasse dir ein Schaumbad ein und du suchst dir alles raus, was du für danach brauchst?»

Ich nicke und versuche, nicht darüber nachzudenken, was er mit diesen unheimlichen feinen Sinnen über mich erfahren kann, während er sich zum Bad abwendet. Es ist - im Vergleich zum Rest meiner spartanischen Behausung – mit der frei stehenden Wanne und dem Dielenboden nahezu dekadent. Die Dusche ist modern, aber die riesige Metallwanne ist ein wunderschönes Stück und älter als alles andere im Haus.

«Ich komme gleich», murmele ich und gehe ins Schlafzimmer.

Mir wird klar, dass er, wenn er meinen Herzschlag und meinen Geruch wahrnehmen kann, nicht nur die Aufregung in seiner Gegenwart gemerkt hat, sondern auch, dass ich nicht mehr taufrisch bin.

Röte steigt mir in die Wangen und ich fluche in mich hinein. Ich bin ein Hauptgewinn. Eine Frau, die errötet wie ein Teenager beim ersten Crush, hektischen Herzschlag aufgrund eines tätlichen Angriffs mit einer stumpfen Waffe auf einen Ordnungshüter hat und nach Ernie müffelt. Und einen Werwolf in ihre Wohnung lässt, ohne es zu hinterfragen.

Mühsam atme ich langsam ein und aus, lasse mir reichlich Zeit, um meinen Puls zu beruhigen. Ich höre ihn im Wohnraum herumgehen und Wasser rauschen. Es klingt, als würde er täglich in fremden Wohnungen Frauen, die er erst kennengelernt hat, ein Bad einlassen. Diese ganze Situation ist surreal.

Ich suche mir eine dicke, graue Sweathose, meinen geliebten Minions-Sweater und dicke Wollsocken raus. Ich werde nichts tun, um diesem Adonis zu zeigen, dass ich ihn attraktiv finde. Wenn er es doch bemerkt, wird der Minion-Sweater ihn auf Abstand halten. Ich frage mich eh, warum er immer noch hier ist. Hat er einen Retterkomplex?

Ich gehe zurück ins Wohnzimmer und er deutet zum Bad.

«Alles bereit», verkündet er und ich murmle ein Dankeschön.

Als ich das Bad betrete, werde ich überrascht. Er hat nicht nur einige der Kerzen angezündet und verteilt, sondern ein üppiges Schaumbad eingelassen. Auf dem kleinen Tischchen neben der Wanne stehen ein Glas Rotwein und mein Becher *Ben&Jerrys*.

Ich überlege kurz, ob ich mich bedanken soll, aber dann beschließe ich, zuerst dem Drang nachzugeben und in das nach Orange und Zimt duftende Schaumbad zu gleiten. Und als ich den ersten Löffel Eis auf meiner Zunge zergehen lasse, bin ich froh, dass Hunter mich heimgefahren hat.

Himmel, hieran könnte ich mich gewöhnen.

11. Kapitel – Hunter

Türchen 11

Ich starre auf die Badezimmertür und frage mich, was in Drei-Teufels-Namen ich hier mache. Einer Frau, die ich kaum kenne, zu helfen, ist das eine.

Ihr ein Schaumbad einzulassen, Eis und Rotwein zu servieren und dann vor ihrer Tür zu warten, wie ein verdammter Haushund, ist nichts, was ich heute Morgen auf dem Zettel hatte.

Ich habe vor, in diesem Ort sesshaft zu werden, und sollte mich um andere Dinge kümmern. Kenai und ich sind uns nahezu einig. Ich habe zugestimmt, die Rudelmitglieder, die unbedingt hierbleiben wollen, in unser Rudel zu integrieren, wenn diese es wünschen. Sie müssen Zugang zum Territorium und zu einem geschützten Ort haben. Seit einer Woche habe ich fast jeden Tag mit dem alten Wolfswandler alles verhandelt. Die meisten Familienmitglieder seines Rudels werden wegziehen, aber einige sind hier stärker verwurzelt als andere. Kenai überlässt ihnen die Wahl. Die jüngeren Wölfe, die über den Sommer Ärger in der Stadt verursacht haben, werden wegziehen müssen.

Mein Cousin und Rudel-Beta Liam ist sich nicht sicher, ob alle Mitglieder unseres Rudels sich über ihre neue Heimat freuen. Die Neuigkeit wurde verhalten aufgenommen. Liam nimmt selten ein Blatt vor den Mund und von Montana nach Manitoba sind es über 1500 Kilometer. Allein der Umzug des Familienunternehmens wird eine Mammutaufgabe, auch wenn wir nur Spielesoftware herstellen. Trotzdem wird der Umzug der Server und Büros kein Zuckerschlecken werden. Dazu kommt, dass der Release eines neuen Spiele-Add-ons im Frühjahr nicht verschoben werden kann. Zum Glück haben wir nur wenige externe Mitarbeiter, und die können im Homeoffice arbeiten, wenn sie nicht umziehen wollen. Trotzdem werden alle ordentlich ranklotzen müssen, damit trotz der örtlichen Veränderung alles klappt.

Der Umzug hierher ist alternativlos – es ist perfekt. Am Arsch der Welt, aber perfekt.

Und hier gibt es einen Friedensvertrag, was für uns eine zusätzliche Sicherheit bedeutet. Ich kenne kaum Paras, die miteinander auskommen, aber hier funktioniert es. Ich muss für alle, die diesen Neustart hier auf sich nehmen, da sein. Ich kann mir keine Freundin anlachen. Schon gar keine, die menschlich ist. Das wäre der Brüller, wenn ich mit einer menschlichen Tierärztin versuchen würde, meinen Verwandten zu sagen, wie sie ihre Leben als Rudelmitglieder führen sollen. Wir sind nicht so rückständig wie das hier ansässige Rudel, aber ich bin doch derjenige, der mit gutem Beispiel vorangehen sollte.

Sie ist schon lange im Bad und langsam mache ich mir Sorgen. Ich fürchte, Eis und Rotwein ist nicht das, was ihr auf die Beine hilft, aber sie hat ausgesehen, als ob sie es bräuchte. Vorsichtig gehe ich zur Badezimmertür und klopfe an.

«Alles in Ordnung da drin?», frage ich.

«Komm rein. Ich brauche ein Handtuch», höre ich sie sagen und öffne zögerlich die Tür.

Ihre Haare sind nass und sie sieht mich aus einem riesigen Schaumberg an. Das Rotweinglas und der Eisbecher sind leer, wie ich befriedigt feststelle. Ich schlucke. Es ist intim, obwohl nichts zu erkennen ist, aber ich weiß, dass sie unter dem Schaum nichts trägt. Nichts. Ihre Wangen haben wieder Farbe und sie lächelt.

Ich nehme das Handtuch vom Haken an der Wand und reiche es ihr. Sie hält den Blickkontakt und dann steht sie auf. Schaum tropft von ihrem Körper und legt immer mehr blütenweiße und makellose Haut frei. Ich schlucke und reiche ihr das Handtuch. Sie nimmt es und tritt aus der Wanne, wie Aphrodite aus dem Meer. Ihr Blick hält meinen fest und sie bedeckt sich nicht. Erregung steigt in mir auf und sorgt für eine gewaltige Enge in meiner Jeans. Verfluchte Kacke.

«Bist du beschwipst?», frage ich und höre selbst, dass meine Stimme belegt klingt. Rau. Tief. Sexy.

«Nicht genug, um nicht zu wissen, was ich will. Genug, um es mir einzugestehen.» Sie sagt es sanft und ein wenig schüchtern, aber da ist kein Zögern, als sie direkt vor mir anhält und sich auf die Zehenspitzen stellt.

«Du wirst dich erkälten», murmele ich, während sie mir ihren Mund entgegen reckt, eine einzige Verlockung.

Ich senke den Kopf, obwohl ich eigentlich verschwinden sollte. Dann liegt mein Mund auf ihrem. Hitze erfasst mich, es ist, als wäre sie schon ewig auf mich eingestimmt. Ein Teil von mir, dessen Fehlen mir nie aufgefallen ist, aber ohne den ich jetzt nicht mehr zu existieren vermag.

Ihre Hand schiebt sich unter meinen Pullover und ich atme zischend ein, als ein Schauer über meinen Körper läuft. Meine Hände gehen auf Wanderschaft und ich hebe sie hoch, packe ihren kleinen, perfekten Hintern und setzte sie mir auf die Hüften, während unsere Zungen sich liebkosen und wir den Kuss vertiefen. Sie zerrt an meiner Kleidung, aber das wird warten müssen. Ich drehe mich mit ihr auf den Armen um, eile aus dem Bad, zu ihrem Bett. Sie murrt, als ich sie vorsichtig auf die Laken gleiten lasse und mich von ihr löse.

Ein kleiner Teil von mir weiß, dass ich sofort gehen sollte. Hier und jetzt ist weder die Zeit noch der Ort für so etwas. Sie hat auf nüchternen Magen und einen Schock Wein getrunken. Sie ist erschöpft. Ich sollte gar nicht hier sein. Zwei Seelen kämpfen in meiner Brust, ein Teil von mir möchte das Richtige tun. Doch der Wolf in mir will den Gefühlen, die sie weckt, nachspüren. Möchte diesem Verlangen nachgeben. Und während die Vernunft versucht, sich gegen den animalischen Teil meines Wesens durchzusetzen, richtet sich Cat auf. Bevor ich vom Bett zurücktreten kann, lächelte sie verrucht und packt den Bund meiner Hose. Sie kniet sich auf das Bett, zieht mich an die Kante und sieht zu mir auf.

«Deine Kleidung ist nass. Das tut mir sehr leid.»

Ihre Hand öffnet geschickt die Knöpfe der Jeans und ich knurre. Mit jeder Berührung steigert sie mein Verlangen und als sie mir die Hose herunterzieht, bin ich hart und die Vernunft kann mich mal.

Alles, was ich will, sitzt vor mir und mustert das, was sie freigelegt hat, mit einem deutlich begehrlichen Blick. Ihre Hand legt sich sanft an meinen Schaft, sie beugt sich vor und ...

«Fuck, Cat», stöhne ich, als ihre Lippen sich sanft um meinen Schwanz schließen.

Ihre Zunge tanzt kurz über meine Eichel und dann gibt sie ein zufriedenes Geräusch von sich, dass direkt in meinen Lenden einen Widerhall findet.

Ich überlasse mich den Empfindungen, spüre dem nach, was sie tut, bis ich es kaum noch aushalte und sich der Lust ein scharfer, süsser Schmerz beimengt.

Sanft schiebe ich sie an den Schultern zurück und sie löst sich widerstrebend von mir. Es kostet mich alles, aber wenn wir das hier tun, möchte ich nicht in den ersten zehn Sekunden in ihrem talentierten Mund explodieren. Das heben wir uns für später auf. Und dann werde ich sie ebenfalls für diese besondere Gunst entschädigen.

«Das wollte ich schon tun, als ich dich das erste Mal nackt gesehen habe. Du bist wunderschön», schnurrt sie und leckt sich grinsend die Lippen, was mir ein scharfes Luftholen entlockt.

Ihre Worte machen jeden Versuch, hier sanft und beherrscht zu bleiben, zunichte. Ich presse meinen Mund auf ihren, dränge sie zurück und kurz darauf liege ich über ihr. Sie öffnet sich mir, ohne Bedenken, ohne zu zögern, und obwohl ich sie kosten möchte, ihren Geschmack auf meiner Zunge kaum erwarten kann, ist das etwas, was warten muss.

Meine Hand fährt sanft zwischen uns, mit einem Rest Vernunft. Sie ist mehr als bereit und ihre Feuchtigkeit an meinen Fingern, ihr Aufstöhnen und das Aufbäumen ihrer Hüften macht alles andere unwichtig. Ich gleite in sie und fülle sie aus. Sie legt ihre Beine um mich und zieht mich tiefer in sich. Cathrin gehört mir und ich ihr. Das ist die einzige Wahrheit, die ich in diesem Moment akzeptiere.

«Cat», stöhne ich und ziehe mich zurück, um sie erneut in Besitz zu nehmen.

Es ist so intensiv, so allumfassend, dass ich jede Beherrschung aufbieten muss, um nicht sofort wie ein unerfahrener Teenie zu explodieren. Wir finden einen gemeinsamen Rhythmus und ihre Fingernägel graben sich in meinen Rücken. Sie stöhnt und spannt sich an - und ich lasse los, kurz vor ihr, verliere mich komplett in dieser Frau, die mir nur Augenblicke später zitternd in die Erfüllung folgt.

12. Kapitel – Cathrin

Türchen 12

In meinem Bett sollte ein Werwolf liegen. Aber als ich aufwache, bin ich allein. Scham und ein wenig Bedauern versuchen sich in mein Bewusstsein zu drängen, aber ich lasse es nicht zu. Ich bin eine erwachsene Frau mit Bedürfnissen und das hat nicht mal ein Minions-Sweater verhindern können. Der Rotwein hat das Übrige getan, aber ich habe nicht mit Hunter geschlafen, weil ich betrunken war. Ich suche keinen Partner. Ich wollte das gestern, auch wenn ich durch den Rotwein mutiger als sonst sein konnte und das erste Mal in meinem Leben den entscheidenden Schritt gemacht habe. Bereuen kann ich es nicht.

Himmel, er weiß, wie er eine Lady zu behandeln hat. Und er hat deutlich mehr Ausdauer, als alle

Männer, die ich je mit in mein Bett genommen habe. Nicht, dass es übermäßig viele waren. Trotzdem bin ich ein wenig enttäuscht, dass er sich davongeschlichen hat.

Die Tür geht mit einem Knarren auf und der Mann, den ich gerade der postkoitalen Flucht bezichtigt habe, tritt ins Zimmer. Die Jeans ist alles, was er trägt und sie sitzt tief auf seinen Hüften. Ich setzte mich auf, mir durchaus bewusst, dass meine Haare eher einem Vogelnest nach einem Tornado gleichen als einer Frisur, und er im Gegensatz zu mir ein wenig Textil am Leib trägt.

«Guten Morgen, Frau Doktor», sagt er und ich werde rot.

Ich spüre, wie die Hitze mir in die Wangen fährt und hoffe, ich habe nicht die Farbe einer überreifen Tomate.

«Ich kann leider nicht bleiben. Ich habe eine Verabredung mit Kenai. Und ich glaube, du hast in einer Stunde Praxis?», sagt er, beugt sich zu mir hinunter und küsst mich.

Ich will protestieren, meine Zähne sind ungeputzt, ich bin erst wach geworden und fühle mich im Nachteil, aber seine Lippen streifen meine nur kurz, fest und zärtlich. Erleichterung, gepaart mit einem Quäntchen Enttäuschung, durchflutet mich.

«Hier ist dein Kaffee, Cat. Gehst du heute Abend mit mir aus? Essen im Diner?»

Er fragt es so selbstverständlich, als wären wir ein Paar und ich nicke nur, total perplex. Er lächelt, so strahlend, als wäre das die beste Nachricht des Tages.

«Dann bis später», murmelt er, lässt seine Lippen ein weiteres Mal über meine gleiten und im nächsten Moment ist er weg.

Alles, was daran erinnert, dass er hier war, ist der Kaffee, der in meinen Händen dampft. Kurz frage ich mich, ob ich mir alles eingebildet habe, aber dann fällt mir ein, was zu meinem rotwein-mutigen One-Night-Stand geführt hat.

Ich schnappe mir das Handy und rufe Jackson an, aber dem Chief geht es, bis auf schlechte Laune, gut. Er darf heute nach Hause und das beruhigt mich. Vielleicht war es doch kein Fehler, gestern mal einen mutigen Schritt gemacht zu haben.

Der Tag war nicht so schlimm, wie ich befürchtet hatte, und mein Besuch beim Chief hat meine Laune gehoben. Er ist nicht sauer und wird bald einen Gehgips bekommen, außerdem hilft Ryze Schwester die nächsten Tage aus, wenn etwas sein sollte. Stephen freut sich über ein wenig Freizeit, und nachdem ich mich zum hundertsten Mal entschuldigt habe, hat er mich rausgeworfen.

Jetzt sitze ich im Diner, nicke Maggie zu, die immer mal wieder neugierig über die Theke zu mir linst, und versuche, nicht den Eindruck zu erwecken, als würde ich zu verzweifelt auf jemanden warten. Was, wenn er nicht kommt? Und warum ist das so wichtig?

Ich wohne hier, er ist ein Besucher, der bald wieder verschwindet. Mehr als eine kurze Affäre wird das eh nicht, aber ich habe Ameisen im Bauch, die mir ein ziemliches Kribbeln bescheren.

Verflixt. Ich mag Hunter. Dabei kenne ich den Kerl doch kaum. Ich weiß, dass er ein wahnsinnig toller Liebhaber ist und dass ich bei ihm einmal im Monat das Probe-Hundeshampoo von meinem Lieblings-Vertreter für tierische Pflegeprodukte anwenden könnte. Das ist nicht ausreichend, um solche Gefühle zu entwickeln. Die Tür geht auf und mit einem Schwung Schneeflocken weht Hunter herein. Er trägt einen dicken Parka und ein Lächeln, das ganze Gletscher schmelzen könnte. Und es gilt mir allein. Die Ameisen in meinem Bauch zerren eine Limbostange in die Arena und lassen heiße Rhythmen ertönen, als er sich aus dem Parka schält und zu mir an den Tisch kommt. Maggie fallen fast die Augen raus und ich stöhne innerlich. Bestimmt wird das hier jetzt das Tagesgespräch im Ort.

«Hey», sagt er rau und setzt sich mir gegenüber.

«Hey», erwidere ich überraschend zurückhaltend.

«Ich habe riesigen Hunger, du auch?» Hunter ist unbefangen, als wäre so eine Situation das normalste der Welt.

«Ja.» Ich scheine nicht so gut mit der Situation zurechtzukommen.

Ich hatte nie Zeit für eine Beziehung und normalerweise waren meine Gefährten eher das, was man Gastspiele nennen konnte. Außer meine erste große Liebe vor der Uni. Im Studium hatte ich eine ernstere Beziehung, die aber eher auf der Faulheit, sich jedes Mal für ein wenig Spaß etwas Neues zu suchen, als auf echtem Interesse beruhte. Dann habe ich mir hier die Praxis aufgebaut. Als ich in Snow Falls angefangen hatte, war Jackson an einem Date interessiert, aber ich nicht.

Hunter ist der erste Mann, der seit zwei Jahren mein Bett geteilt hat und zum ersten Mal wünsche ich mir nicht nur belanglosen Sex. Ich starre ihn an, registriere den dunklen, kurzen Vollbart und ein Schauer überläuft mich, als ich an seine Lippen denke, die mich überall geküsst haben, und das Kitzeln dieser schwarzen Haare an den unmöglichsten Stellen.

«Du wirst rot», raunt Hunter und grinst so wölfisch, dass ich schnell einen Schluck Wasser trinke.

«Woran hast du gedacht?», fragt er und dann verdunkeln sich seine Augen, als würde er es genau ahnen.

«Wie war dein Tag?», frage ich hastig.

«Anstrengend, aber produktiv. Ich werde morgen einen Kaufvertrag unterschreiben und dann werden meine Firma und meine Familie hierherkommen, im Januar übernehmen wir das Gelände von Kenai.»

Ich bin perplex.

«Du ziehst hierher?», frage ich erstaunt und er nickt.

«Deswegen bin ich hier. Kenai hat meinem Rudel sein Territorium angeboten, sie ziehen im neuen Jahr nach Alaska.»

Maggie kommt und ich sortiere meine rasenden Gedanken. Hunter wirft einen kurzen Blick auf die Tageskarte und bestellt einen Elchburger für sich. Ich nehme das gleiche und er bittet Maggie, uns zwei Bier zu bringen.

«Du bist blass. Schockiert, dass ich hierbleibe?», fragt er scheinbar gelassen, aber da ist ein lauernder Ausdruck in den Tiefen seiner freundlichen Augen.

«Überrascht», murmle ich.

«Angenehm oder unangenehm?» Seine Stimme verrät nichts, aber ich sehe, dass er vorsichtig ist. Ich beschließe, ehrlich zu sein.

«Hunter, ich weiß nicht, was ich davon halten soll. Ich mag dich, aber wir kennen uns kaum. Du bist der erste Mann seit einer langen Zeit, den ich an mich herangelassen habe. Und du bist zudem noch», ich halte inne, sehe mich um, und sage dann leise: «ein Werwolf.»

Auch er senkt die Stimme. «Stört dich das? Dass ich ein Para bin?»

Ich schüttle den Kopf. «Ich weiß nur nicht, was das genau für ein ‹Uns› bedeutet.»

Er grinst, so jungenhaft, als wäre es keine große Sache.

«Auf jeden Fall bedeutet es, dass du ein Tier im Bett hast», feixt er leise und ich verschlucke mich an meinem Wasser.

Dann wird er ernst. «Cat, ich hatte gestern auch nicht vor, mit dir ins Bett zu gehen. Aber es war nichts, was ich bereue. Ich gebe dir recht, wir kennen uns nicht. Ich werde hierher ziehen und es ist bestimmt nicht der beste Start, für was auch immer. Lass uns einfach Zeit miteinander verbringen und sehen, wo das hinführt.»

Ich nicke und Hunter lächelt. «Also, dann lass uns das Pferd mal von vorne aufzäumen.» Er streckt seine Hand über den Tisch und ich greife perplex danach. Seine Finger sind warm und sein Daumen streicht sanft über meinen Handrücken.

«Hunter Nelson, aus Montana. Freut mich sehr, deine Bekanntschaft zu machen. Ich mache gern Kraftsport, lese Thriller und bin Software-Entwickler mit einer kleinen Firma, die sich auf Computerspiele spezialisiert hat. Und ich habe Tierärztinnen zum Fressen gern.»

Ich lache auf und er grinst.

«Nett, dich kennenzulernen. Ich bin Cathrin Picard. Ich bin die örtliche Tierärztin, meist zu müde für Hobbies oder geregelte Aktivitäten. Ich lese gern Liebesschnulzen und liebe alte Serien.»

Er lehnt sich zurück und schmunzelt. «Was für alte Serien?», fragt er und ich antworte bereitwillig.

Als Maggie mit unseren Burgern kommt, sind wir in ein angeregtes Gespräch über die Filmindustrie und die Entwicklung von Serien vertieft und ich habe gar nicht gemerkt, wie die Zeit verflogen ist. Himmel, ich bin auf dem Weg mich in einen paranormalen Fremden zu verlieben. Und als wir zeitgleich begeistert in unsere Burger beißen, sehe ich in seinen Augen das gleiche Begehren, das in mir wütete.

«Hilfst du mir, nächsten Mittwoch einen Tannenbaum zu schlagen?», frage ich spontan und er nickt, als wäre er nicht erst hier angekommen, sondern als wären wir schon lange ein Paar.

Himmel. Ich stecke in Schwierigkeiten.

Er ist kein One-Night-Stand-Material. Dieser Mann ist die Sorte, die man gegen jede andere weibliche Konkurrenz mit Krallen und Zähnen verteidigt.

13. Kapitel – Hunter

Türchen 13

«Was soll das heißen, du hast jemand kennengelernt?» Liam klingt mehr als nur erstaunt. Ich bin nicht gerade derjenige unseres Rudels, der durch seine romantischen Eroberungen auffällt.

«Sie lebt hier und wir sind uns näher gekommen», gebe ich zu, unsicher, wie er es aufnimmt.

Nähergekommen ist eine nette Umschreibung für: Ich vögele sie seit einer Woche in jeder freien Minute. Und ich verliebe mich jeden Tag mehr in sie. Cathrin Picard ist eine fantastische Frau. Humorvoll, klug, besonnen, leidenschaftlich und zum Niederknien albern. Sie kann nicht kochen und ihr Kühlschrank ist eine Katastrophe, aber sie ist spontan und schätzt alles, was man für sie tut. Ich habe die Woche zweimal für uns gekocht und sie hält mich offenbar jetzt für die Reinkarnation von Paul Bocuse. Mehr muss man über ihre Kochkünste nicht wissen.

«Glückwunsch. Und warum erzählst du mir das?», fragt mein Cousin, als wäre es nicht die Nachricht des Monats.

«Weil ich wissen muss, ob es ein Problem gibt, wenn ich mit einem Menschen zusammen bin. Immerhin erwarte ich von euch allen, eure Zelte abzubrechen und für unser Rudel nach Kanada zu ziehen. Und ich habe hier offenbar schon Anschluss. Ich möchte nicht, dass es Gerede gibt.»

Liam seufzt und ich kann förmlich sehen, wie er die Augen rollt. «Hunter, ist sie nett?», fragt er und ich bestätige das.

«Magst du sie?»

Ich brumme eine Zustimmung.

«Dann leg sie flach, alter Junge.»

Schon passiert. Aber das geht ihn ja nichts an.

«Solange du sie nicht heiratest, wird keiner etwas sagen.»

Verdammt. Ich fühle mich schlagartig mies. Ich muss Cat sagen, dass es keine Zukunft für uns geben kann. Ich bin der Rudel-Alpha. Ich muss die Zukunft des Rudels gewährleisten. Und das kann ich nicht mit einer Menschenfrau. Natürlich, es werden Werwölfe aus so einer Verbindung hervorgehen, aber sie werden es innerhalb des Rudels immer schwerer haben als reinrassige Wölfe. Ich sollte mir eine junge Wölfin suchen und das tun, was man Arterhalt nennt, richtig? Warum denke ich überhaupt über so etwas nach? Ich hab gar nicht vor, Arterhalt zu betreiben oder eine langfristige Beziehung einzugehen. Und wenn doch ...

Cats Lächeln schiebt sich vor mein inneres Auge. Verfickte Scheiße, ich bin geliefert. Ich habe mich in meine Tierärztin verliebt.

«Bist du noch dran, Hunter? Ist das mit dem Territorium jetzt unter Dach und Fach?»

Ich reiße mich zusammen. «Ja. Für alle, die mit uns hierher ziehen ist genug Arbeit und Wohnraum da. Aber es ist abgelegen und ich fürchte, einige werden nicht begeistert von der Idee sein. Aber hier können wir Wölfe sein. Wir haben ein riesiges Areal nur für uns, in dem uns niemand reinreden wird. Eine Heimat für unser Rudel. Die Gebäude sind großzügig und es gibt Wild in den Wäldern, das nur darauf wartet, gejagt zu werden.»

Mein Cousin seufzt leise. «Ich werde alles in die Wege leiten. Du weißt, dass du auf jeden Einzelnen aus dem Rudel zählen kannst. Eileen wird wahrscheinlich nicht begeistert sein, aber auch sie wird sich fügen, wenn alle anderen mitziehen.»

Meine Cousine wird das größte Problem. Sie ist schon der Meinung, dass Bozeman ein Dorf ist, das ihre Zeit nicht Wert ist. Aber ich bin mir sicher, dass ich ein Büro in Calgary einrichten kann. Oder wenigstens in Thompson.

Ich hoffe, sie wird sich dazu durchringen, mit der Firma nach Kanada auszuwandern. Oder wenigstens ab und an hierher kommen. Ich fürchte, ohne urbanen Stützpunkt wird sie nichts hier halten. Kein Starbucks, kein Kino, keine Shoppingmall? Keine Eileen. Aber sie ist das, was man das lautstarke Sprachrohr unserer kleinen Software-Schmiede nennen kann – wir brauchen sie nicht nur als Rudel, sondern auch für die Firma.

«Sie wird natürlich stinksauer sein, dass ich die Firma nach Kanada verlege. Aber es ist genau das, was wir gesucht haben. Abgelegen, groß, ruhig. Und die hier lebende paranormale Gemeinschaft lebt in Frieden mit den Menschen und untereinander.»

Wir besprechen noch ein paar Einzelheiten. Liam wird alle Familienmitglieder offiziell darüber informieren, dass wir im neuen Jahr hier unseren Lebensmittelpunkt einrichten werden. Ich werde über Weihnachten als Gast von Kenai in Snow Falls verweilen, um die Wölfe besser kennenzulernen, die im Territorium bleiben wollen. Einige werden mir helfen, das karge Haupthaus zu einem Bürokomplex umzubauen, in dem ich die Firma unterbringen will.

Als ich aus dem Auto steige, hat erneut Schneefall eingesetzt. Mir ist warm, aber ich darf nicht auffallen, deshalb trage ich den dicken Parka, als ich dem Waldweg folge, der mit Lichterketten bis zu einer kleinen Schonung ausgeleuchtet ist. Der halbe Ort ist hier, es gibt Ahornglühwein, Hotdogs und offenbar hochprozentige Muntermacher. Der Chief steht mit Gipsbein am Grill und gibt Jackson, der offenbar den medizinischen Dienst heute zugunsten des Grillmeisterpostens abgelegt hat, hilfreiche Tipps.

Ich habe Cathrin versprochen, sie hier zu treffen, und sehe mich um. Ihr Cousin wollte mit ihr herfahren, ich werde sie heimbringen. Ganz uneigennützig, um mit ihr in ihrem merkwürdig kargen Zuhause den Tannenbaum aufzustellen. Cole habe ich im Paddys Inn am Sonntagabend kennengelernt, ein besonnener, netter Hüne, der seiner Cousine mit unverhohlener Ehrerbietung zu Füßen liegt. Wäre er nicht mit ihr verwandt, wäre ich eifersüchtig.

«Hey, Hunter, hier bin ich!»

Cathrin winkt, sie steht mit einer jungen Frau und der Bürgermeisterin etwas abseits an einer der Feuertonnen und hat einen Becher Ahornglühwein in der Hand. Ich finde das Gebräu zu süß und greife erleichtert nach dem Bier, das mir Cole reicht, bevor ich hinübergehe.

«Das warme Gesöff mag ich auch nicht», brummt er und sieht zu der kleinen, blonden Gestalt, die mit einem Stock konzentriert Marshmallows in der Glut einer kleinen Feuerschale karamellisiert. Claire, Coles

Tochter, ist zum Niederknien, aber ich habe einer anderen Frau etwas versprochen.

Ich hebe die Axt hoch, die mir Ryze geliehen hat, und stapfe zu Cat. Sie lächelt und die junge Frau, die neben der Bürgermeisterin Darkmoore steht, grinst breit und schaut mich neugierig an.

«Cathrin, wirst du etwa deine Wohnung dieses Jahr endlich schmücken?», fragt sie, lässt mich aber nicht aus den Augen.

«Ja, Thalia. Ich hab mir endlich ein paar Kugeln und eine Lichterkette besorgt. Und Hunter hat versprochen, mir zu helfen.»

Die Braunhaarige lächelt mich breit an. «Ich habe schon viel über dich gehört, Hunter. Ich bin Thalia Darkmore. Mir gehört die Apotheke.»

Ich nicke ihr zu, dann hebe ich die Axt. Ihr Geruch ist mir vertraut, sie war die Frau, die mir zur Flucht verholfen hat. Doch wenn sie die menschliche Fassade aufrechterhält, dann kann ich es ebenso.

«Dann entschuldigst du uns sicherlich kurz. Cathrin und ich werden ihr mal einen schönen Baum aussuchen.»

Ich werde mich später bei ihr für ihr Eingreifen bedanken müssen. Sie grinst und ich folge Cat in die kleine Tannenschonung.

«Was hast du ihr über mich erzählt?», frage ich und Cat schmunzelt.

«Dass du gut küsst und gut kochst.»

Ich greife nach ihr und ziehe sie an mich. Mein Mund findet ihren und die Nähe beruhigt meine Nerven. Ich bin seit dem Gespräch mit Liam angespannter, als ich mir eingestehen will. Aber in ihrer Nähe fühle ich mich wieder mehr wie ich selbst.

«Gut genug geküsst?», raune ich nach einer Weile, als wir uns lösen.

«Ja. Dass du ein fantastischer Liebhaber bist, hab ich ihr nicht erzählt. Immerhin möchte ich dich für mich behalten.»

Sie schmunzelt und ich grinse breit.

«Fantastisch?», frage ich und sie zieht einen Schmollmund.

«Ich denke schon. Aber es ist zwei Tage her, also vielleicht trügt mich meine Erinnerung.»

Ich lache. «Lass uns deine Tanne schlagen, je schneller das Ding steht, desto schneller steht auch was anderes.»

Cat wird rot und ein zauberhaftes Lächeln erscheint auf ihrem Gesicht. Ohne sich lange umzusehen deutet sie auf die nächste Tanne.

«Die ist perfekt», verkündet sie und ich muss lachen.

«Ich bin für ein ausgedehntes Vorspiel», sage ich und stapfe weiter. «Eine Tanne auszusuchen ist eine ernste Angelegenheit, Miss Picard.»

Sie kichert und folgt mir. Wir brauchen nicht lange und dann zerren wir ein zwei-Meter-Monster hinter uns her zu einem dunkelhaarigen Mann, der neben einer Vorrichtung zum Verschnüren steht.

Cat zahlt den Preis für den Baum und Malcom, wie der Förster heißt, mustert mich, während er mit Cat ein paar Worte zur Wildtierstation wechselt. Je länger ich hier in Snow Falls bin, desto besser gefällt es mir. Mir fehlt meine Familie, sehr sogar, aber ich kann uns hier sehen, nächsten Dezember, zwischen all diesen Menschen und Paras. Und mich mit Cat. Ich beschließe, dass dieses Gefühl in mir ausreicht, um uns eine dauerhafte Chance zu geben.

Als sie sich umdreht und mir zuzwinkert, fühle ich mich leicht. Ein Zuhause hatte ich erwartet, aber nicht, dass ich eine Frau finden würde, die mich und meinen inneren Wolf so selbstverständlich in ihr Leben lassen würde.

«Lass uns zu dir fahren», raune ich ihr zu und ihr verschmitztes Grinsen ist Antwort genug.

«Ja, wir müssen etwas aufstellen», feixt sie und ein glückliches Lachen entkommt mir.

Türchen 14

Der Tannenbaum, der mein karges Zuhause schmückt, lässt mein riesiges Wohnzimmer fast wohnlich wirken. Weiße Kugeln und Glastropfen funkeln im Licht der LED-Lampen um die Wette.

Zierliche Eisbär-Figuren und zarte Federn in glitzerndem Weiß runden das Bild mit der silbrigfunkelnden Spitze ab. Hunter hat klaglos den Baum am Mittwochabend noch aufgestellt und geschmückt, geduldig Kugeln neu platziert und mich hochgehoben, damit ich den Stern auf die Spitze setzen konnte.

Dann hat er mich im Schein der dreihundert LED-Lichter geliebt. Wir sind kaum eine Woche zusammen und ich kann mir nicht mal mehr vorstellen, wie mein Leben ohne ihn sein würde. Er mag ein Werwolf sein, aber er ist auch mein Partner. Keiner dieser Alpha-Männchen, die finden, dass Frauen kochen müssen oder für ihren Mann die eigenen Bedürfnisse zurückzustecken haben. Nein, als ich gestern müde aus der Praxis in meine Wohnung gekommen bin, war er derjenige, der dafür sorgte, dass eine nahrhafte Mahlzeit den Weg in meinen Magen gefunden hat.

Mein Kühlschrank beherbergt seit gestern grüne biologische Erzeugnisse und auf dem Küchenfensterbrett steht eine Obstschale. Mit Obst darin. Es sind kleine Dinge, aber sie geben mir das Gefühl, geliebt zu werden. Keiner hat die Worte bisher ausgesprochen, dafür ist es viel zu früh. Aber alleine, dass ich ihn vermisse, weil er heute nicht hier ist, zeigt mir, wie sehr ich mich an ihn gewöhnt habe. Ich will ihn bei mir haben.

Trotzdem halte ich mich mit Träumen und Hoffnungen zurück, zwinge mich, das hier als eine temporäre Sache zu sehen. Heute war er den ganzen Tag im Territorium von Kenais Rudel, hat seinen neuen Firmensitz für *Pack-Play*, wie seine Software-Entwicklungsfirma heißt, renoviert, und ich weiß, dass er todmüde und erschöpft sein wird. Morgen Abend ist das Fraktionstreffen, bei dem er anwesend sein muss. Ich bin froh, dass er mich nicht gefragt hat, ob ich mitkommen will. Ich weiß nicht, ob ich bereit bin, jeden Para in der Stadt kennenzulernen.

Obwohl ich grüble, ob Jackson einer sein könnte. Unser Arzt ist so blass und neurotisch, dass er ein Vampir sein könnte. Allerdings hätte er dann bestimmt eine Freundin, immerhin braucht er sich ja nur eine zu beißen, oder?

Da ich Notdienst habe, wollten wir heute mal einen Abend aussetzen, aber ich habe kurzerhand beschlossen, Hunter zu überraschen und die Nacht im *Bed & Breakfast* zu verbringen, wenn wir uns schon morgen nicht sehen können. Ich habe alle Anrufe aufs Handy umgeleitet und Ivy hat nichts gegen eine weitere Person beim Frühstück. Hunter wird heute nicht hungrig und allein ins Bett gehen. Ich werde den armen Mann mit Pizza überraschen, die ich im Diner bestellt habe. Und ich bin der Nachtisch. Ich kann zwar nicht gut kochen, aber ich bin eine perfekte Informationsquelle, wenn es um die besten Adressen für geliefertes oder abgeholtes Essen geht. Nahrung bestellen und abholen? Darin habe ich mindestens einen Master-Abschluß.

Als ich kurz vor neun Uhr am *Bed & Breakfast* anhalte, die Pizza neben mir auf dem Sitz, muss ich schlucken, so sehr überwältigt mich der Anblick.

Das Haus sieht traumhaft aus, sogar der Weg zur Eingangstür ist weihnachtlich geschmückt. Im Dunkeln schimmert der Snow Lake hinter dem Haus durch die kahlen, verschneiten Bäume. Ivy hat jedes Fenster stimmungsvoll beleuchtet, ein riesiger geschmückter Kranz ziert die Eingangstür. Das ganze Haus ist so liebevoll auf die Jahreszeit eingestimmt, dass ich wehmütig lächeln muss. Es ist ein Zuhause, anders als meine karge Wohnung.

Ich liebe Weihnachten, aber meine Eltern verbringen die Feiertage immer bei Moms Schwester in Florida. Und ich habe um diese Jahreszeit herum meist studiert oder gearbeitet. Als Single-Tierärztin war klar, wer den Notdienst an den Feiertagen übernimmt, schließlich habe ich keine Kinder. Unwillkürlich frage ich mich, ob Hunter am Weihnachtsmorgen hier sein wird. Und wenn ja, würde er bei mir feiern wollen?

Ich reiße mich am Riemen und steige aus, jongliere die Pizza zum Haus und will gerade klopfen, als die Tür aufgeht. Ryze grinst mich breit an und ich rolle die Augen.

«Hallo, Cat. Ich habe gehört, du wirst Snow Falls neuesten Einwohner mit Pizza überraschen?», sagt er launig und ich nicke.

«Ich hab ihn vorhin nach oben gehen gehört, lauf einfach rauf. Bestimmt ist er unter der Dusche und hat Hunger wie ein Wolf.» Bei den letzten Worten zwinkert mir der rothaarige Phönix zu und ich frage mich, ob Ivy wusste, wie heiß er wirklich ist, als sie ihn sich geschnappt hat. Ich knabbere noch an der Erkenntnis, dass er kein Mensch ist. Und dass Ivy von ihm schwanger ist.

«Ivy hat sich hingelegt, die Schwangerschaft macht sie müde. Denk an die Hochzeit, du kommst doch?», raunt er mir zu und ich nicke. «Hunter hat Zimmer Nummer Drei.»

Dann ist er weg und nur der Duft seines herben Aftershaves hängt im hellen Flur. Ich lasse meine Jacke und nassen Schuhe an der Garderobe und stecke den Kopf in den Wintergarten, um Mary zu begrüßen. Die alte Dame schläft im Sitzen und leise schließe ich die Tür. Dann eile ich die Stufen hoch und stehe einen Moment auf den dicken Holzdielen des Flures zu den Zimmern. Ich trete auf die Nummer Drei zu und höre die Dusche rauschen. Ein Lächeln schleicht sich auf meine Züge, als ich die Tür leise öffne und die Pizzakartons auf dem Bett ablege. In diesem Moment wird im angrenzenden Bad die Dusche abgedreht und mein Blick fällt auf die Kleidungsstücke, die den Weg zur Badezimmertür weisen. Himmel, er ist nackt und nur ein paar Schritte entfernt. Pizza schmeckt auch kalt noch gut.

«Hunter, verdammt, du wirst diesen Streit nicht dadurch beenden, dass du duschst.»

Die kultivierte, etwas träge Frauenstimme kommt eindeutig aus dem Bad und ich erstarre. Wer ist sie? Sie klingt nach mittlerem Westen und ist bei Hunter im Bad. Einem nackten Hunter. «Ich möchte nicht hierherziehen, aber ich werde es für dich und die

Firma tun, wenn es unumgänglich ist. Aber ich bin stinksauer, dass du das ohne Besprechung und ohne mich entschieden hast. Ich dachte, das wäre das mindeste und dass wir gleichberechtigte Partner wären.»

«Dass du sauer bist, merke ich gerade, Eileen. Herrje, ich hab dir gesagt, wir klären das, sobald ich zurück in Montana bin, aber du konntest ja nicht warten. Es tut mir leid, dass ich dich mit meiner Entscheidung überrumpelt habe, aber ich musste sie schnell treffen. Und noch bin ich der Alpha, meine ich mich zu erinnern. Oder willst du mich herausfordern und mal wieder gegen mich kämpfen?»

Er klingt nicht wütend, eher nachsichtig-genervt und am Ende fast spielerisch. Sexy. Es klingt vertraut und so, als ob sie schon öfters miteinander gerungen hätten. Er klingt wie ein Ehemann, der seine Frau nicht erwartet hat, aber jetzt nicht sehr wütend ist, sie bei sich zu haben. Die Kälte greift in mir um sich, meine Hände und Füße sind wie Eiszapfen, aber ich kann mich nicht rühren. Ich bin vollkommen erstarrt.

«Aber wenn du jetzt schon mal da bist, bleib heute Nacht hier und wir gehen morgen zusammen zu dieser Fraktionsfeier. Immerhin bist du der weibliche Part dieser Familie. Und wie könnte ich es wagen, ohne eine kluge, hinreißende Wölfin auf dem Treffen der Fraktionen aufzuschlagen?»

Der weibliche Part der Familie.

Sie soll heute Nacht bei ihm bleiben. Klug und hinreißend.

Die Kälte greift nach meinem Herz und friert es ein, so schnell und gründlich, dass ich das Gefühl habe, jeden Moment zu zerspringen.

Alles, was ich eben gefühlt habe, ist verdorben und kompromittiert. Die Liebe, die ich mir nicht eingestehen wollte, die mein leichtsinniges, so gutgläubiges Herz ihm aber geschenkt hat, ist ein eiskalter Klumpen in meiner Brust. Es schmerzt, als hätte er mir ein Messer in die Brust gestoßen.

Die Frau lacht kehlig. «Du bist gut in Form, aber sag mir nicht, dass du einen Smoking dabei hast. Wir werden improvisieren müssen, Hunter.»

Ich höre ihn lachen. «Bekomme ich jetzt ein Handtuch oder willst du mich weiter bedrängen?»

Er hat mich angelogen. Er hat eine Freundin, eine Frau. Was war ich? Nur ein kleines Intermezzo?

Seine letzten Worte lassen mich meine Erstarrung abschütteln. Ich drehe auf dem Absatz herum und gehe, obwohl ich vor lauter Tränen kaum was erkenne. Wütend versuche ich sie wegzublinzeln und eile die Treppe hinunter.

Ivy, die gerade im Flur erscheint, mit einem Glas Milch in der Hand, sieht mich erstaunt an, aber ich winke nur ab, ohne auf ihr besorgtes Gesicht zu achten und fliehe aus dem *Bed & Breakfast* und vor diesem verlogenen Kaniden, der mir mein Herz gestohlen hat. Erst im Auto, als ich fast bei der Praxis bin, fallen mir die zwei Pizzen ein, die ich auf seinem Bett habe liegen lassen.

15. Kapitel – Hunter

Türchen 15

Ich starre auf das muntere Treiben auf der Tanzfläche und beobachte Eileen, die angeregt plaudernd mit einem Vampir tanzt.

Mit. Einem. Verdammten. Vampir.

Okay, er ist distinguiert und sieht aus wie Mitte Fünfzig, aber der Mann ist und bleibt ein Blutsauger. Und ein Anwalt. Ich bin unschlüssig, was schlimmer ist: Seine Rasse oder sein Beruf.

Der Abend ist nett und die anderen Fraktionen haben uns interessiert-vorsichtig in ihren Reihen willkommen geheißen. Kenai, der mit einem Teil seines Rudels da ist, scheint erleichtert zu sein, dass der Rat unserer Übernahme des Territoriums zustimmt. Er braucht die Kaufsumme, die ich für die Immobilien zahlen werde, für den Neustart in

Alaska. So viele liquide Wolfsrudel sind nicht auf der Suche nach einem neuen Standort.

Ich sollte mich freuen, aber ich kann den ganzen Tag an nichts anderes denken als an Cat.

Obwohl Eileen heute mitspielt und keine negativen Bemerkungen mehr über Snow Falls und meine Entscheidung für diesen Ort macht, waren ihre Bedenken es, die gestern dafür gesorgt haben, dass Cat die falschen Schlüsse gezogen hat. Und während Eileen meint, dass sich die ganze Sache schnell klären lässt, bin ich weniger überzeugt. Immerhin ist die örtliche Tierärztin verschollen. Sie hat eine Vertretung, ein junger, pickliger Kerl, der heute in der Praxis war und sich um alles gekümmert hat. Ihr Auto ist genauso unauffindbar wie sie.

Wo zum Henker ist sie? Und was hat sie von meiner Unterhaltung mit Eileen alles gehört?

Die zwei Pizzen auf dem Bett und ihr Duft im Zimmer waren Erklärung genug. Bestimmt habe ich Mary Bishop einen Heidenschreck eingejagt, als ich nur mit einem Handtuch bekleidet an die Eingangstür gehastet bin. Aber alles, was ich sehen konnte, waren die Rücklichter von Cats Wagen.

Wut gesellt sich zu der Frustration, die ich verspüre, und ich leere meinen Drink mit einem Zug. Einer der Wölfe von Kenais Rudel, Henry, glaube ich, hat gerade eine hitzige Diskussion mit zwei Vampiren. Doch nicht alles eitel Sonnenschein hier im Para-Paradies. Eileens Tanzpartner entschuldigt sich und folgt den drei Hitzköpfen nach draußen, weitere Wölfe gehen hinterher.

Kurz überlege ich, ob ich nachsehen soll, was da los ist, aber dann kommt Eileen zu mir und reicht mir einen neuen Drink.

«Du siehst aus wie das Leiden Christi, Hunter. Was ist los? Kein Glück bei deiner Eroberung?», fragt sie und ich höre die Besorgnis unter der gelangweilten Stimme.

«Nein, sie macht wohl einen Ausflug. Dir tut es nicht gerade leid, dass sie denkt, du wärst meine Geliebte, richtig?», brumme ich und nehme einen großen Schluck. Ich vermisse sie. Das sollte ich nicht, aber Scheiße, ich brauche und vermisse Cathrin.

«Hunter, wenn wir alle hierherziehen, was glaubst du, wird auf dich zukommen? Die ersten Monate werden ein täglicher Kampf. Die ganze Gruppendynamik, bis das Rudel sich hier eingerichtet hat, die Probleme, bis die Welpen eingewöhnt sind, dazu die anderen Paras, die in dichter Nachbarschaft leben. Und das hier ist nicht Montana.»

«Nein, es ist nicht Montana. Und auch nicht Kansas. Also, böse Hexe des Westens, was willst du mir sagen?» Ein Teil von mir weiß es schon. Aber vielleicht macht es die Sache für mich realer, wenn sie es ausspricht.

«Du kannst dir keine Affäre mit einer Menschenfrau leisten, zumindest nicht im Moment. Und auch keine Beziehung. Du bist der Alpha. Du musst uns führen. Max und Martin werden sich gegenseitig an die Gurgel gehen, wenn sie wieder auf so engem Raum zusammenleben müssen. Du und Liam seid ein eingespieltes Team, aber wenn ich Ruth und Marianne in der Nähe habe, ist mein Privatleben eine mittlere Katastrophe.» Sie seufzt. «Und du weißt, dass Ruth immer noch der Meinung ist, du solltest ihre Tochter heiraten, um die Blutlinie zu sichern.» Eileen sieht mich mit einem fast mitleidigen Blick an, ehe sie fortfährt. «Wenn du ihr den Umzug befiehlst, wo sie sich in Bozeman so wohlfühlt, um das Rudel zu vereinen, wird sie jeder Freundin von dir das Leben zur Hölle machen.»

Ich knurre leise und Eileen grinst schief.

«Du kannst bestimmt mit einigen Problemen rechnen, aber wir wissen beide: Wenn du diese Entscheidung getroffen hast, wird dir das Rudel folgen. Und das letzte, was du dann brauchst, ist eine Menschenfrau.»

Im Grund meines Herzens weiß ich, dass Eileen recht hat, aber das ist meinem dämlichen Herzen egal. Ich will beides: Ein zufriedenes, vereintes Rudel und mein eigenes Glück. Und auch wenn die Cousine meiner Mutter meint, dass ihre dämliche Tochter für mich das perfekte Partnerpotential hat, bevorzuge ich doch Frauen, die mehr Grips haben als ein Flusskiesel. Serena ist ein nettes Mädchen, aber sie ist nicht das, was ich brauche.

Der Gedanke, dass Cat denken könnte, sie wäre nur ein nettes Zwischenspiel gewesen, kotzt mich an. Ich habe alle bisherigen Anforderungen in der Funktion des Rudelalphas an mich erfüllt und muss mir jetzt von Eileen nicht nur die Beziehung ruinieren lassen, sondern auch noch Vorhaltungen anhören?

«Cousinchen, du weißt, ich liebe dich, aber noch ein Wort und ich werde dir deinen Kopf abreißen. Halt die Klappe und dich aus meinem Liebesleben heraus.»

Sie sieht mich mit aufgerissenen Augen an und tritt einen Schritt zurück. «Was ist los mit dir? Du forderst immer, dass ich der Grinch bin. Das ich die kritischen Fragen stelle und dich auf Betriebstemperatur halte. In der Firma und im Rudel.»

Ich trinke mein Glas aus und packe meine Cousine am Arm, ziehe sie aus dem Raum und sehe, dass die Darkmore-Hexen mir fragende Blicke zuwerfen. Eileen winkt ihnen zu und lächelt, obwohl ich spüre, wie sie sich anspannt.

«Die denken bestimmt, wir haben sie nicht alle, Hunter. Was soll das?» Eileen hat nicht vor, nachzugeben, und sieht mich missbilligend an.

Ich schnaube. «Sie sind Hexen. Sie wissen, dass wir sie nicht alle haben.»

Ich schiebe meine vorlaute, nervige Cousine, aka die Marketingmanagerin meiner Firma aka die Beta meines Rudels aka die böse Hexe des Westens, aus dem Saal und an die angrenzende Bar, wo wir ungestörter sind. Der Barkeeper sieht uns fragend an und ich bestelle zwei Kaffee. Dann wende ich mich Eileen zu.

«Punkt eins, Eileen», sage ich und sie sieht mich trotzig an, öffnet den Mund. «Wenn du mich jetzt nur einmal unterbrichst, werde ich dich mit nach draußen nehmen und wir werden diese Unterhaltung als Rudelangelegenheit führen. Glaub mir, nichts würde mir gerade mehr Befriedigung bereiten.»

Sie klappt den Mund zu, rollt mit den Augen, hält aber den Rand.

«Punkt zwei: Mein Liebesleben ist nichts, was dich oder irgendjemanden im Rudel zu tangieren hat. Wenn ich mich mit einem Stachelschwein paaren will, ist das warum, wie und wo ganz alleine meine Sache. Es ist mein Leben, mein Rudel und mein Glück.»

Sie will etwas sagen und ich funkele sie an. Zum Glück kommt der Kellner mit den Getränken.

Ein Blick in mein Gesicht scheint ihm einen Hinweis zur Art der hier geführten Unterhaltung zu geben. Er verkrümelt sich so schnell wie eine Kellerassel, wenn das Licht angeht. «Punkt drei, Cousine: Was glaubst du, gibt dir das Recht, hierher zu kommen und mir wegen des Territoriums auf die Pelle zu rücken? Du willst hier nicht leben, das habe ich verstanden. Gut. Das Rudel und die Firma werden sich hier ansiedeln. Das ist meine endgültige Entscheidung als Alpha. Es steht dir frei, beides jederzeit zu verlassen. Von der Firma kannst du mit einer Abfindung und einem ausgezeichneten Zeugnis rechnen. Das Rudel würde dich zwar schmerzlich vermissen, aber damit eins klar ist: Ich halte dich nicht.»

Eileens Augen werden groß und füllen sich mit Tränen, aber ich starre sie unnachgiebig an und ein kleines Knurren verlässt meine Kehle, mehr Wolf als Mensch.

Sie blinzelt hektisch und hält dem Blick stand, drängt ihre Tränen zurück. In mir regt sich das schlechte Gewissen, aber ich bin ihr Alpha. Es geht nicht, dass sie getroffene Entscheidungen ständig infrage stellt. Sie muss begreifen, dass es zu dem Umzug keine Alternative gibt. Vor dem Gespräch, das Cat in die Flucht geschlagen hat, hat Eileen alles getan, um mich von meinem Entschluss abzubringen.

Ich hole tief Luft und fahre etwas sanfter fort: «Punkt vier: Ich bin dafür, mich in Frage zu stellen und wie du es so nett formuliert hast, mich auf Betriebstemperatur zu halten. Aber alles hat Grenzen. Wenn ein Entschluss für die Zukunft des

Rudels alternativlos ist und gefällt ist, erwarte ich, dass du hinter mir stehst.»

Sie nickt knapp und rührt Zucker in ihren Kaffee, aber ihre Hand ist nicht so ruhig wie sonst.

«Und zum fünften und letzten Punkt: Wenn du nicht hier aufgetaucht wärst, um meine Entscheidung noch zu verhindern, hätte ich gestern einen wunderschönen Abend mit der Frau verbracht, in die ich mich verliebt habe. Stattdessen habe ich jetzt noch mehr Probleme, weil sie wahrscheinlich denkt, wir haben etwas am Laufen und ich hätte sie betrogen. Oder ich hätte dich mit ihr betrogen, was auch nicht besser ist.»

Ich trinke einen Schluck Kaffee und atme tief durch.

«Willst du das Rudel verlassen?», frage ich Eileen und sie schüttelt so schnell und vehement den Kopf, dass ich aufatme. Sie ist meine Cousine, der Mensch, der mir neben Liam am nächsten steht. Ich kenne sie, seit ich denken kann. Sie, Liam und ich waren ein untrennbares Kleeblatt, seit sie mit drei Jahren bei meinen Eltern über den Rassen gerannt ist und sich zu mir und ihrem Zwillingsbruder in den Sandkasten gesetzt hat. Sie hat nie Mädchensachen gemacht und ist uns immer wie ein Schatten gefolgt.

«Natürlich nicht. Aber Snow Falls ist wirklich etwas weit weg von allem.»

Sie sagt es vorsichtig und ich seufze.

«Wir haben ein Büro im Silikon Valley, Eileen. Du bist eh die meiste Zeit des Jahres irgendwo auf Achse. Komm zu den Feiertagen nach Hause und keiner wird viele Fragen stellen.»

Sie lächelt und nickt. «Ein Stachelschwein? Sag nicht, dass dieses Wunderwesen, das dir dein Herz geklaut hat, Stacheln hat.»

Ich erstarre. Sie hat recht.

Cat hat mir mein Herz geklaut. Und ich habe keine Ahnung, wo sie ist, um die ganze Sache wieder ins Lot zu bringen.

16. Kapitel – Cathrin

Türchen 16

Dieser miese, hinterhältige Wolf hat mich nur benutzt und ist somit ein elender Betrüger. Der Gedanke tobt seit Samstagabend in mir und ich weiß nicht, wie ich damit umgehen soll. Der Stachel, dass mir das wieder passiert ist, sitzt tief.

Ich wohne seit Freitagabend in Ralphs kleinem Appartement, das er neben der Tierklinik angemietet hat, die er mit einem Kollegen in Thompson aufgebaut hat. Er hat widerwillig zugestimmt, meine Praxis ein paar Tage zu versorgen, wenn ich dafür hier seine Patienten übernehme. Nichts leichter als das. Ralph schuldet mir diesen Gefallen, immerhin habe ich ihn über Jahre durch die Anatomie-Kurse geprügelt. Und im Moment ist alles besser, als vierbeinigen Paras mit kuscheligem Fell zu Leibe zu rücken. Der nächste Wolf, der auf meinem Tisch landet, wird kastriert. Ohne Nachfrage oder Überprüfung der Rassenzugehörigkeit. Ich bin durchaus für eine kontrollierte Population und wenn ich die Zahl der betrügerischen Arschlöcher so dezimieren kann: Immer her mit den Klöten.

Ich habe das gesamte Wochenende die Notdienste der Kleintiersprechstunde übernommen und gehofft, rettungslos in Arbeit zu ersticken. Die Arbeit bestand in einem hypochondrischen Kaninchen und einem Welpen, der einen Verlobungsring gefressen hat. Am Liebsten hätte ich der jungen Frau, die ihren Verlobten mit schmachtenden Blicken angesehen hat, eine Warnung zukommen lassen. Aber bis auf den Rat, die Hinterlassenschaften des kleinen Berner Sennenhundes die nächsten Tage gründlich auf Hochkarätiges zu durchsuchen, war keine weitere Aktion notwendig. Genau das hat man davon, wenn man romantische Anwandlungen hat: Man wühlt mit beiden Händen in der Scheiße!

Heute ist der 22. Dezember und in der Praxis ist nichts los. Ein wahrer Totentanz, wo ich doch Ablenkung bräuchte. Und ich bin mir sicher, spätestens morgen rebelliert mein Studienfreund gegen seine Verbannung in die Wälder Manitobas. Die Sprechstundenhilfe, Phoebe, hat sich vor einer halben Stunde abgemeldet und ich weiß, ich muss heute zurück und Ralph erlösen. Er ist ein lieber

Kerl, aber Snow Falls ist für ihn zu weit weg von allem. Und er wird morgen Abend die Klinik über die Feiertage an seinen Kollegen übergeben, um mit seinem Lebensgefährten nach Calgary zu dessen Eltern zu fliegen. Kurz überlege ich, meine Praxis ebenfalls über Weihnachten zuzumachen. Bestimmt könnte ich Ralphs Kollegen als Notdienst über die Feiertage angeben. Es sind nur drei Stunden Fahrt bis hierher. Es gibt sogar Wasserflugzeuge, wenn es eilig ist. Ich könnte zu Mom und Dad nach Florida fliegen und meine Wunden lecken.

Die Türklingel, eine nervtötende, aus den tiefsten Molochen der Hölle kommende Technik-Brut, die ‹Alle meine Entchen› in einem scheppernden Crescendo durch die ganze Praxis erschallen lässt, springt an.

Als ich an die Anmeldung trete, sieht mir ein missbilligender Mann mit grimmigem Gesicht entgegen.

«Was hat der Arsch angestellt?», fragt mich mein Cousin und stellt Tüten mit dem Logo vom größten Spielzeuggeschäft des Ortes ab.

«Cole! Was treibst du hier?», frage ich kleinlaut.

«Das könnte ich dich fragen. Ich war heute Morgen bei dir, um dich zu fragen, ob du was aus Thompson brauchst, habe aber nur einen übellaunigen Ralph vorgefunden, der meinte, er wäre lieber bei seinem Freund als in Snow Falls, aber du hättest ihn angefleht, ein paar Tage zu übernehmen.»

Mein Cousin sieht mich unnachgiebig an. Wenn ich ihm sage, warum ich hier bin, wäre das unklug. Cole würde Hunter zur Rede stellen und ich weiß nicht, wie Werwölfe auf übergriffige Verwandte reagieren. Im schlimmsten Fall fressen sie sie auf, aber Cole ist nicht Großtante Phyllis, bei der jeder mit Freuden noch *Gravy* und einen Nachtisch spendieren würde.

«Ich brauchte eine Auszeit», murmele ich und Cole zieht die dunklen Augenbrauen in die Höhe.

«Ja, weil Snow Falls auch so stressig und herausfordernd ist. Wurde Zeit, dass du in ein ruhigeres Fahrwasser kommst.»

Der Sarkasmus prallt nicht in dem Maße an mir ab, wie er es sollte. Im Kopf höre ich die kultivierte Stimme einer fremden Frau, die mit meinem Wolf in einem Raum war, in dem er nackt unter der Dusche stand. Es gibt nichts, was daran zu erklären wäre. Das ist selbsterklärend!

Cole setzt sich auf einen der leeren Besucherstühle und ich würde für einen hypochondrischen Sittich töten. Oder eine angefahrene, angepisste Berglöwin. Irgendwas. Nur nicht die fragenden, gütigen Augen des einzigen Mannes, den ich nicht zum Teufel schicken kann.

«Cole, ich wollte einfach ein paar Tage hier für Weihnachten Einkäufe machen. Ralph hat mir das angeboten, schon im Sommer, dass wir gern mal ein paar Tage tauschen können, wenn ich ein wenig Stadtluft benötige.»

Cole streckt die Beine weit von sich, schält sich aus seiner Jacke und verschränkt die Arme lässig vor der Brust. «Cat, ich habe alle Zeit der Welt. Du hasst Weihnachtseinkäufe. Du redest hier mit dem Mann, dem du zum letzten Weihnachtsfest eingepackte Pferdesalbe geschenkt hast. Du hast mit Mühe und Not ein Geschenk für Claire gehabt, aber auch nur, weil ich es mitgebracht habe. Adalyn hast du die Impfung für ihre Katzen geschenkt und Hank hast du den Wein geschenkt, den ich dir an deinem Geburtstag vor zwei Jahren überreicht habe. Wir wissen alle, dass du ein hoffnungsloser Fall bist. Du hasst einkaufen, Trubel und denkst an alles, was nicht mit vier Beinen oder Reißzähnen ausgestattet ist, erst in der letzten Minute.»

Ich werde rot, während er mich milde anlächelt.

«Das war kein Vorwurf, Cat. Du hast jedem von uns in unzähligen Situation geholfen, ohne zu klagen oder nein zu sagen. Als Claire das hohe Fieber hatte, bist du drei Tage nicht von ihrer Seite gewichen. Als Adalyns Katze verschwunden war, bist du im Sommer jeden Abend durch ganz Snow Falls gestreift und hast sie gesucht. Und was mich betrifft, ich hab gesehen, wie du Ernie letztes Wochenende das Leben gerettet hast.» Er verstummt und durchbohrt mich mit seinem Blick.

Ich versuche, dieser Inquisition standzuhalten, aber Tränen steigen mir in die Augen. Himmel, ich bin weder emotional noch eine Heulsuse. War ich zumindest nie.

Cole sieht mich überrascht an und beginnt, hektisch in seiner Jackentasche zu wühlen. Dann reicht er mir ein paar Servietten eines Diners und blickt mich hilflos an.

«Entschuldige», sage ich, schniefe und hoffe auf einen verletzten Berglöwen. Aber kein verletztes Wildtier, wenn man es braucht. Ich würde gerade sogar einen Grizzly lieber das sagen, was in meiner Kehle brennt, als meinem Cousin.

«Ich habe mich in Hunter verliebt», bringe ich weinend heraus und Cole sieht mich verwirrt an.

«Und warum ist das ein Grund zum Heulen und nach Thompson zu fliehen?», fragt er verdattert.

Ich schluchze auf. Herrje. Genau deswegen habe ich mich von Romantik ferngehalten. Davon hat man nur einen gesteigerten Papier- und Eiscreme-Verbrauch. Wer braucht das schon? «Weil er mich betrogen hat. Noch in Snow Falls. Und er ist nicht der erste Mann, mit dem mir das passiert ist.»

Cole zieht die Brauen bedrohlich zusammen.

«Simon auch?»

Ich nicke. Meine erste große Liebe, die mich mit meiner allerbesten Freundin betrogen hat. In meinem Bett. In meiner Wohnung. Während ich eine

Spätschicht gemacht habe, um unseren ersten Urlaub zu finanzieren.

«Das erklärt, warum du dich damals so kurz vor dem Studium von ihm getrennt hast und doch nicht mit ihm an die University of Saskatchewan gegangen bist», sagt er leise und bedrohlich.

Ich nicke nur. «Und warum ich mich bis vor kurzem von allen Kerlen fern gehalten habe. Bis Hunter kam ...», gestehe ich leise.

Cole steht auf und schlüpft in seine Jacke, tritt zu mir und hebt mein Kinn an. Ein so grimmiges Lächeln liegt auf dem Gesicht dieses gutmütigen Riesen, dass ich kurz meinen Kummer vergesse.

Himmel. Das ist Cole. Mein Cousin.

Was habe ich mir nur gedacht, es ihm so offen zu erzählen?

«Cole», beginne ich und er schüttelt nur den Kopf.

«Keine Sorge, Cat. Ich kümmere mich darum», sagt er entschlossen und geht. Ich eile ihm hinterher, aber er ist schon an seinem Truck.

«Nein, Cole! Tu das nicht!», schreie ich, da schlägt die Autotür zu und er rast davon. Verwirrt stehe ich in der kalten Luft und verfluche mein loses Mundwerk. Cole wird Hunter umbringen. Und Hunter ist ein Werwolf. Er wird ihn beißen. Das darf nicht passieren. Claire ist zu klein, um ihr zu erklären, dass ihr Vater ab sofort regelmäßig entwurmt werden muss. Sie braucht ihn an einem Stück und gesund.

Ich eile zurück in die Praxis, aber es dauert eine halbe Stunde, um Ralphs Partner zu aktivieren und selbst in mein Auto zu kommen.

Ich rase hinter Cole her und hoffe, er kühlt in den drei Stunden Fahrzeit ab. Er kann unmöglich Hunter zur Rede stellen!

17. Kapitel – Hunter

Türchen 17

Cathrin ist nach wie vor vom Erdboden verschwunden. In zwei Tagen ist Weihnachten und obwohl ich meine Familie, das gesamte Rudel, inklusive Tante Ruth, vermisse, hatte ich mich auf ein Fest zusammen mit Cathrin gefreut.

Der Gedanke, es jetzt allein verbringen zu müssen, ist niederschmetternd. Das macht mir klar, dass die Hoffnung meines Gramps, ich würde mir eine nette Wölfin suchen, um die Familientradition fortzuführen, nicht erfüllt werden wird. Aber ich weiß, er hätte Cat genauso geliebt wie ich.

Eileen sitzt neben mir in dem alten Gebäude, ein Laptop auf dem Schoß und wirft mir immer mal wieder kritische Blicke zu, die ich ignoriere. Ich ziehe Trockenbauwände in den riesigen Komplex ein, in der Hoffnung, dass Anfang Januar endlich Liam zu Hilfe kommt.

Kenais Rudel wollte helfen, aber ich habe abgelehnt. Sie bereiten ihre Abreise vor und ich werde die Büros frühestens im Frühjahr benötigen, sodass uns genug Zeit bleibt, hier alles fertigzustellen. Das Rudel kann eh erst herkommen, wenn der Wohnraum frei ist und Kenai wird erst Anfang Januar umsiedeln. Mir kommt die Arbeit gelegen, um mich von Cat abzulenken.

Eileen tippt wie eine Wilde auf dem PC herum, wirft mir ab und an eine Frage zu und ich antworte einsilbig.

«Hör mal, Hunter, wenn dich die eigene Firma nicht interessiert, muss es dich wirklich schwer erwischt haben. Die Vorbestellungen für unser neues Add-On sind so gut, dass du dieses Territorium dreimal kaufen könntest.»

Toll. Dann hat das Rudel mehr Geld. Das war nie ein Problem, wenn man die Grundstückspreise für ein riesiges Territorium außen vor lässt. Liam und ich haben immer am Computer gesessen und unser erstes Spiel, Wolfs-Pack, war ein internationaler Erfolg. Mit Geld kann ich mir Cat nicht zurückholen. Ich will wissen, wo sie ist.

Der Hammer rutscht ab und ich treffe zielgenau meinen Daumen. Fluchend beobachte ich, wie er blau wird. Schnellheilung hin oder her, bis heute

Abend wird das Pochen im Finger eine ständige Erinnerung sein, dass ich wegen einer Frau nicht bei der Sache bin.

Die Tür zu unserem Bürogebäude fliegt auf und der schwarzhaarige Riese, Cole, stürmt herein. Sein Blick schweift durch den Raum, und als er mich erblickt, stapft er wutentbrannt auf mich zu. Seine Hände sind zu Fäusten geballt und seine Augenbrauen bilden eine einzige Linie über zornfunkelnden Augen.

Ich richte mich auf und starre ihm entgegen. Ist etwas mit Cathrin?

«Ist mit Ihrer Cousine alles in Ordnung?», frage ich und er schnaubt, als er die große Kreissäge, die in der Mitte des riesigen Eingangsbereiches steht, umrundet.

«Als ob dich kleiner Scheißer interessiert, was mit meiner Cousine ist. Wie konntest du sie nur betrügen?», blafft er und hält weiter auf mich zu. Eine blonde Gestalt tritt vor mich und Cole zögert. Sein Blick löst sich von mir und gleitet kalt und abschätzend über meine Cousine.

«Und du bist bestimmt sein Betthäschen, was?», knurrt er.

«Ich bin niemandes Betthäschen. Möchtest du dich für die Stelle bewerben? Du hast offenbar keinerlei Gehirnzellen, aber scheinst zumindest körperlich gut in Schuss zu sein.»

Ich schließe die Augen und schwanke zwischen Ärger, weil Eileen eindeutig meine Schlacht schlägt, und Sorge, weil ich ihr Talent, Männer auf die Palme zu bringen, nur zu gut kenne. Wäre sie keine Wölfin, sie wäre schon so oft im Schlamassel versumpft, dass man es nicht mehr an zwei Händen abzählen könnte.

Eileen ist eine Brandmauer, wenn jemand einem von uns zu nahe tritt. Sie ist der Meinung, die Einzige zu sein, die das Recht hat, uns Feuer unter dem Hintern machen zu dürfen.

Ich muss Cole bewundern. Er hat gestoppt und mustert Eileen mit ungerührtem Blick.

«Versteckst du dich hinter einer Frau, Hunter? Hast du das nötig?», fragt er, ohne den Blick von meiner Cousine zu nehmen, die zwischen uns verharrt, die Arme verschränkt.

Die weiße Bluse sitzt eng an ihrer üppigen Oberweite, die schwarze Lederleggins überlässt nichts der Fantasie und ihre roten Pumps haben ihr mehr als einmal den Spitznamen ‹böse Hexe des Westens› eingebracht. Sie liebt rote Schuhe und ist tyrannisch. Kein Mann hat sie je länger einfangen können oder es geschafft, dass sie sich auf ihn einlässt. Sie ist so ganz anders als Cathrin.

«Hab ich nicht nötig. Aber ich würde mich ihr auch nie in den Weg stellen, Cole. Sie beißt.»

Cole zieht die Augenbrauen zusammen und mustert Eileen.

«Machts Spaß, anderen Frauen die Männer auszuspannen, Lady?»

Eileen schnaubt. «Hab ich gar nicht nötig. Wenn deine Cousine falsche Schlüsse zieht, ist das nicht mein Problem, du hirnloser Hinterwälder. Hunter ist zufällig mein Cousin!»

Cole stutzt und wirft mir einen Blick zu, der fragend und verwirrt ist.

«Schwachsinn», brummt er dann.

«Ach, darfst nur du Cousinen haben?», ätzt Eileen.

«Sie ist wirklich meine Cousine, Cole. Cat hat das irgendwie in den falschen Hals bekommen.»

Coles Blick wandert zu Eileen, dann zu mir und er ballt die Hände wieder zu Fäusten.

«Du vögelst deine Cousine?», zischt er und Eileen knurrt.

Ein tiefes, wenig erfreuliches Knurren, das mir die Nackenhaare aufstellt. Ich kenne sie. Sie ist selten bereit, ihrer Natur zu folgen. Sie schafft es sogar in Mondphasen, ihre stoische Ruhe beizubehalten und sich zu beherrschen.

«Er vögelt mich nicht, du Waldschrat.» Jedes Wort ist präzise artikuliert und scharfe Spitzen schwingen in ihrem Tonfall mit.

Cole grinst höhnisch. «Ist ja normal, dass Cousinen ihren Cousins beim Duschen zusehen. Entweder ihr vögelt oder habt eine wirklich ungesunde Beziehung, du Stanley-Cup-Tussy.»

Er hat ihren geliebten Kaffee-Becher entdeckt und das Geräusch, das Eileen aus der Kehle kommt, macht mir klar, dass die kommenden Ereignisse alternativlos sind.

Ich will nach vorne treten, sie hinter mich schieben, aber es ist zu spät. Wo eben noch eine wütende Blondine gestanden hat, steht jetzt eine silbrig-weiße Wölfin, deren gefletschte Zähne und tiefes Knurren Cole einen Schritt zurücktreten lassen.

«Ihr Kaffeebecher ist ihr heilig», murmele ich resignierend. Der und ihre Familienehre.

Cole starrt die Wölfin an, die ihn angeifert und sich langsam auf ihn zuschiebt. Sie ist stinksauer. Aber ich kenne sie, sie wird ihn nicht verletzen oder angreifen. Ein Schnappen ihrer riesigen Kiefer lässt mich meine Überzeugung überdenken. Was, wenn sie ihn doch verletzt?

Cole ist im Territorium der Wölfe. Aber er ist ein Bürger Snow Falls. Also ist er unantastbar, sogar hier. Aber im Territorium können wir doch tun, was wir wollen, laut Kenai. Welche Regel ist Trumpf? Was gilt?

Ihr Knurren schwillt an.

«Eileen!», blaffe ich und frage mich, was in Lunas Namen nur in sie gefahren ist. Sie ist normalerweise diejenige, die verbal zurückschlägt. Das hier sieht ihr nicht ähnlich und ich möchte Cat nicht erklären müssen, warum Cole von ihr angegriffen wurde.

Cole starrt Eileen an und sein Blick wandert zu mir, komplett fassungslos. Im nächsten Moment stürmt er davon. Meine Cousine knurrt immer noch und ich starre nur zur Tür, durch die der Mann verschwindet.

War das ein Verstoß gegen das Abkommen? Und wenn ja, ist Eileen dafür verantwortlich zu machen, da sie die Regeln gar nicht kennt und noch kein offizielles Mitglied der Gemeinschaft ist? Zudem ist Cole hier eingedrungen und hat uns bedroht. Ihre Reaktion war überzogen, aber nicht unnormal.

«Toll, Cousinchen. Ganz toll. Ich würde vorschlagen, du beruhigst dich und ich frage Kenai, wie wir nun vorgehen müssen. Wahrscheinlich stecken wir dank dir jetzt in der Scheiße!»

Sie winselt und steht im nächsten Moment nackt vor mir, ihre Augen groß und feucht schimmernd. Ach du Alarm. Sie ist vollkommen erschüttert.

«Wieso musstest du ausgerechnet hierher kommen? Wieso?», faucht sie mich an und der Glanz in ihren Augen hat etwas Fiebriges.

«Ach du lieber Blutmond», murmele ich.

Sie schnappt sich meine Jacke und stürmt aus dem Haus, während ich mit pochendem Daumen nur eins weiß: Ich muss Cole aufhalten, bevor er jemand von Eileens Wandlung erzählen kann.

18. Kapitel – Cathrin

Türchen 18

Ich habe es nicht geschafft, Cole einzuholen und rase die Auffahrt zu Wolfs-Territorium hoch. Früher dachte ich, die im Wald lebende, unter sich bleibende Familie von Kenai wäre nur ein wenig Hippie-mäßig unterwegs. Aber seit meiner unfreiwilligen Einweihung in die Geheimnisse des Ortes, den ich zur Heimat erkoren habe, ist nichts mehr einfach zu erklären. Das letzte Mal war ich hier, um einen verletzten Biber abzuholen, den Kenai im Wald gefunden hatte. Gefunden oder angefallen?

Ich schüttele den Gedanken ab. Es ist nicht das Waldleben, das die Familie von Kenai in die Wälder treibt, sondern ihre Wandlung in riesige Wölfe.

Die Anwälte sind Vampire und leben nicht etwa außerhalb des Ortskerns, weil sie elitäre Idioten sind, sondern weil jede Rasse ihr eigenes Refugium rund um Snow Falls hat. Die Bären sind indigene Paras, die zuerst hier waren, deswegen ist ihr Gebiet abgelegener und größer.

Und die Hexen leben in der Stadt. Sie sind offenbar urbanere Mythen als die anderen Wesen, die um mich herum die Welt bevölkern.

Mein Cousin ist somit unwissentlich auf dem Weg, einem Werwolf die Leviten zu lesen. Das wird, nein, das kann nicht gut gehen. Cole war nie für seine nachgiebige Art bekannt und ich glaube nicht, dass Wölfe dafür bekannt sind, dass sie die andere Wange hinhalten. Wenn Cole sich etwas in den Kopf gesetzt hat, ist er stur wie eine Horde Büffel und irgendein Instinkt sagt mir, dass Hunter da nicht anders ist.

Coles Pick-up kommt mir auf dem Waldweg entgegen und ich bremse scharf ab. Mir war nicht bewusst, wie aufgeregt und besorgt ich war, aber als er anhält und aussteigt, lasse ich meinen Kopf erleichtert auf das Lenkrad sinken.

Er lebt. Er ist unverletzt.

«Cat, alles in Ordnung?», höre ich seine Stimme und gebe ein zittriges Lachen von mir.

«Jetzt ja. Ich will nicht, dass du dich mit Hunter anlegst. Ich war besorgt.»

Mein Cousin mustert mich und runzelt dann die Stirn. Viele machen den Fehler und halten ihn für dumm oder gar ungehobelt. Er arbeitet in einem

Sägewerk und ist wortkarg, aber er ist intelligent, belesen und nicht schwer von Begriff. Bisher hat sich niemand um ihn gesorgt, wenn er irgendwo dazwischen gegangen ist. Seine Größe und Kraft sind allen im Ort bewusst.

«Du wusstest es? Dass er und diese Frau Monster sind?», fragt er und seine Stimme hat einen Unterton, der mir einen Schauer über den Rücken jagt.

Monster.

Das Wort fällt auf mich nieder wie ein Stein in einen dunklen Brunnen. Hunter ist ein Monster. Und er hat mich belogen. Die Realität trifft mich wie ein Rammbock. Allein, dass ich Angst um Cole hatte, sollte mir zu denken geben. Ich kann Hunter nicht trauen. Er ist ein wildes Tier, oder?

«Ja, ich wusste es», sage ich beschämt und Cole sieht mich entsetzt an.

«Von Anfang an?», fragt er und ich nicke kleinlaut.

«Hunter war der Wolf, den wir am Straßenrand eingesammelt haben.»

«Und dafür bin ich euch beiden sehr dankbar», höre ich Hunters sanfte Stimme. Er tritt langsam und bedächtig hinter Coles Fahrzeug hervor.

«Bleib ihr vom Leib», knurrt mein Cousin und schiebt sich vor mich.

«Cat, ich habe dich nicht belogen. Eileen ist meine Cousine. Sie kam her, um mir den Umzug auszureden.» Er sagt es ruhig, und die Intensität in seinem

Blick, mit dem er mich mustert, geht mir durch und durch.

«Cole, fahr nach Hause. Ich komme gleich nach.»

Er schüttelt stur den Kopf, wirft mir einen ungläubigen Blick zu.

«Cole, verdammt. Er wird mir nichts tun. Wir reden nachher. Ich kläre das.»

Er schnaubt. «Toll. Fein. Meinetwegen. Wenn du in einer viertel Stunde nicht bei mir und Claire aufschlägst, schick ich den Chief hier rauf. Und zwar mit einer wilden Story über Monster und Werwölfe.»

Ich weiß von Koda, dass unser Polizeichef ziemlich gut im Bilde ist, aber halte den Mund und nicke nur knapp.

Cole wirft Hunter, der in Renovierungsklamotten ohne Jacke vor uns steht, einen vernichtenden Blick zu und geht zum Truck, der im Leerlauf vor sich hin brummt. Dabei lässt er Hunter nicht aus den Augen, als erwarte er, dass dieser sich verwandeln und auf ihn stürzen würde.

Erst als er weg ist, wendet sich Hunter mir zu.

«Er hat Eileen kennen gelernt. Sie hat sich vor ihm verwandelt. Ich fürchte, er hat nicht den besten ersten Eindruck von unserer Art bekommen.»

Ich starre ihn an, wie er da im Schnee steht, voller Sägespänen auf dem schwarzen Fleecepullover, die Arme lässig an den Seiten herabhängend. Seine wirren, schwarzen Haare fallen ihm in die Stirn und er schenkt mir ein leichtes Lächeln, bei dessen Anblick mein Herz hüpfen will.

Für ein Monster. Es will für ein Monster hüpfen.

Dieser Gedanke lässt es stocken und Übelkeit überkommt mich. Das Bild meiner Nichte schiebt sich vor mein inneres Auge. Wie kann ich das hier wollen?

«Ich habe dich nie angelogen oder betrogen, Cat. Ich hatte nur verdrängt, dass ich die Verantwortung für ein Rudel trage und nicht mit Eileen hier gerechnet.»

Ich spüre, wie mein Brustkorb schmerzt, als ob mein armes, verliebtes Herz sich gegen den Todesstoß wehren will, den ich ihm versetzen muss.

«Es ist besser so. Du bist nicht mal ein Mensch. Es spielt keine Rolle, ob du mich betrogen hast oder nicht. Wir haben uns ja schließlich keine Versprechungen gemacht, oder?»

Hunter zieht die Augenbrauen zusammen. «Nein», sagt er zögerlich und ich nicke knapp.

«Dann würde ich sagen, lassen wir es gut sein. Du hast dein Rudel, ich meine Familie. Es hätte sowieso nicht funktioniert.»

Seine Miene verdüstert sich.

«Denkst du etwa auch, dass ich ein Monster bin?», knurrt er leise.

Nein, natürlich nicht! Aber die Worte kommen nicht über meine Lippen. Wenn ich sie sage, merkt er, dass ich Angst vor mir selbst habe. Angst davor, dass mich erneut ein anderer Mensch so tief verletzt. Nein, er hat mich nicht betrogen, aber allein der Gedanke daran hat mich fast umgebracht. Er wird das nicht verstehen.

«Ja. Du bist ein Monster. Meinst du, ich will eine Beziehung mit einem Para? Ich möchte mehr als du mir bieten kannst, Hunter.»

Ich drehe mich um, versuche, den verletzten Blick in seinen Augen auszublenden. Ich war nie absichtlich gemein zu einem anderen Menschen, aber ich fürchte, das hier ist das Niederträchtigste, was ich je getan habe. Es ist der Weg, der uns beide schützt. Er hat sein Rudel, ich meine Arbeit.

«Cat, sieh mich an», sagt er eisig und ich weigere mich, den Kopf zu heben.

Er ist hinter mir, so schnell und lautlos wie fallender Schnee und dreht mich zu sich um.

«Sag es mir ins Gesicht, Cathrin. Sag mir, dass ich für dich nur ein Tier bin, ein Monster, das es nicht wert ist, angehört zu werden.»

Ich atme tief ein, spüre die Kälte und hoffe, sie erreicht mein Herz und friert es für immer ein. Ich wage nicht, ihm ins Gesicht zu sehen, aber nur dann wird er mir glauben. Wenn es mich jetzt schon so trifft, wenn ich denke, er betrügt mich, was wird passieren, wenn ich ihn ganz in mein Leben lasse und er mich dann verlässt? Es fällt mir schwer, aber ich zwinge mich, ihm in die Augen zu sehen. Sein Blick trifft mich bis ins Mark, zeigt, wie sehr er um uns kämpfen will. Die nächsten Worte auszusprechen, ihm dabei in die Augen zu sehen ...

Ich zwinge mich, an Claire zu denken. An Cole.

«Ich will nicht mit einem Para zusammen sein. Und ich will dich nicht anhören. Du bist es nicht wert.»

Jedes Wort ist ein vergifteter Pfeil, den ich auf uns beide abschieße.

Er lässt mich los und starrt mich fassungslos an. Ich trete zurück und wende mich von ihm ab, bevor mir Tränen in die Augen schießen können.

Ich steige ein und fahre los, ohne mich umzusehen, aber im Rückspiegel erkenne ich, dass er mir hinterher starrt, und es bricht mir das Herz.

19. Kapitel – Cathrin

Türchen 19

Cole wartet bei der Sägemühle und als ich aus dem Auto steige, sieht er mich missbilligend an.

«Ich erwarte eine Erklärung», blafft er und ich nicke. Er stutzt, greift nach mir und zwingt mich, ihn anzusehen.

Die Tränen konnte ich schon beim Losfahren kaum zurückhalten, aber seit dem Ortsschild hat irgendwer den Stausee überlaufen lassen. Ich heule wie der sprichwörtliche Schlosshund. Cole flucht leise und zieht mich dann mit sich zum Haus, das hinter der Sägemühle liegt.

Es schmiegt sich an ein paar riesige Fichten und ist ein wenig triste, aber weder Cole noch mein Onkel sind große Dekorationskünstler. Ein riesiges, geschnitztes Holzpferd ist die einzige Zierde und das ist nur hier, weil Claire es zum Spielen bekommen hat. Die Treppe zur Eingangstür ist mit Arbeitsschuhen und Schneeschiebern voll gerümpelt, dazwischen ein Schlitten von Claire und ein Sack Streusalz. Die Veranda ist ebenfalls vollgestellt, die Männer haben die Möbel nach dem kurzen Sommer nicht weggeräumt und überall hat sich Schnee verfangen.

Cole öffnet die Hintertür und schubst mich hinein. Wärme schlägt mir entgegen und ich gehe direkt in das geräumige Obergeschoß, in dem Cole mit Claire wohnt. Mein Onkel wohnt im Erdgeschoß, aber ihm möchte ich nicht in diesem Zustand begegnen.

Cole setzt mich an die Theke seiner Kücheninsel und stellt Teewasser an, überlegt kurz, legt ein Päckchen Taschentücher vor mich, sieht meine immer noch fließende Tränenflut und flucht herzhaft.

Eine Minute später bekomme ich einen Rum in die Hand gedrückt und er mustert mich unnachgiebig.

«Trink», befiehlt er.

Ich nehme einen Schluck und huste los. Das Zeug ist erschreckend ekelig und brennt sich meine Kehle hinunter.

«Werwölfe?», fragt er mich dann und ich nicke. «Hier in Snow Falls?»

Ich nicke abermals und ein Schluckauf sorgt für eine wenig eloquente Erwiderung meinerseits. Cole seufzt schwer und fährt sich mit zittriger Hand durch die Haare. Er ist ungewöhnlich blass und sein dunkler Bart sticht dadurch heftiger ins Auge als normalerweise.

«Am Besten fängst du vorne an», brummt er dann und ich nicke, während er mir einen Früchtetee aufgießt und sich selbst ebenfalls einen Rum einschenkt. Er lehrt sein Glas in einem Zug und gießt sich nach, ich kämpfe derweil gegen den Schluckauf und spüre dem Schmerz in meiner Brust nach.

«Wo ist - hicks - Claire?», frage ich und sehe verschämt zu der riesigen, geschmückten Tanne, die im Wohnzimmer steht.

«Bei ihrer Großmutter, bis morgen. Du wirst also nicht von einer Dreijährigen gerettet. Ich will ein paar Antworten. Oder soll ich doch zum Chief fahren?»

Ich schüttele den Kopf. Ein weiterer Hickser entkommt mir und ich trinke schnell einen Schluck Tee.

Dann beginne ich, mühsam zu erzählen, und Cole hört mir geduldig zu. Als ich geendet habe, hat er wieder Farbe im Gesicht und die Rumration in der Flasche reicht nicht mehr über den Winter hinaus.

«Herrje. Vampire, Wölfe und Hexen? Schwer zu glauben, wenn ich nicht mit eigenen Augen gesehen hätte, was passiert ist.»

Er schweigt kurz. «Bist du sicher, dass sie ungefährlich sind?», fragt er schließlich.

Ich nicke und seufze schwer. «Trotzdem ist es besser, wir halten uns von ihnen fern.»

«Ich werde Claire um jeden Preis schützen, Cat, das weißt du. Aber Kenai war immer freundlich zu mir und Claire mochte ihn. Er holt immer mal wieder Holz und hat ihr eine kleine Puppenkommode geschnitzt. Wenn es wahr ist, dann auch, dass sie sich hier friedlich integrieren und keine Gefahr darstellen.»

Ich starre in meinen Rest Tee.

«Und warum geht es dir so nah? Wenn diese Eileen seine Cousine ist und da nichts zwischen den beiden läuft», fängt Cole an, «auch wenn diese Nackt-Dusch-Szene schon ein wenig schräg ist ...»

Er verstummt und ich fühle mich genötigt, etwas zu sagen.

«Ich kann das Risiko nicht eingehen. Ich kenne ihn kaum.»

Cole blinzelt und sieht mich dann unnachgiebig an. «Wir sind ziemliche Feiglinge, oder, Cathrin? Liegt wohl in der Familie.»

Ich sehe ihn erstaunt an.

«Du bist doch kein Feigling!»

Er seufzt, steht auf und macht sich am Holzofen zu schaffen, ohne mir zu antworten. Ich schweige und versuche, den Schmerz in meinem Inneren zu bewältigen. Ich kann unmöglich schon so verliebt sein, dass es mich so aus der Bahn wirft, wenn ich

Hunter aus meinem Leben verbanne. Es ist besser so, sage ich mir immer wieder. Es ist sicherer.

«Cat, ich bin feige, denn ich habe mich dazu entschlossen, mein Herz nie wieder zu verschenken. Claires Mom wollte nie hier sein, nie Kinder und hat nur mir zuliebe nicht abgetrieben. Du weißt, wie sie war: Getrieben und hier in Snow Falls zutiefst unglücklich. Und ich Trottel hab geglaubt, wenn Claire erst auf der Welt ist, wird sie Familie und Kinder mit den gleichen Augen sehen wie ich auch. Jetzt ist sie weg und ich werde niemals wieder das Risiko eingehen können, dass eine Frau mein Kind und mich so verletzt wie Claires Mom das getan hat. Ich werde eines Tages meiner kleinen Prinzessin erklären müssen, warum ihre Mutter ihre Freiheit ihr vorgezogen hat. Und das werde ich nur einmal durchziehen können. Deshalb gibt es für mich keine neue Beziehung.»

Ich kenne Coles Bedenken in Bezug auf eine neue Beziehung und halte sie für Schwachsinn. Er verdient es, eine Frau zu finden, die ihn und Claire glücklich macht. Leise sage ich es ihm und er legt den Kopf schief.

«Wieso? Offenbar verdienst du auch keine Liebe, weil ein dämlicher Hornochse dich vor Jahre betrogen hat. Okay, Hunter mag ein Wolf sein und potentiell gefährlich, aber er scheint dich zu mögen und du würdest nicht versuchen, den Snow Lake in ein Salzwasser-Meer zu verwandeln, wenn du mit der Entscheidung, dein Herz nicht zu verschenken, so glücklich wärst.»

Ich schluchze auf und ein weiteres Papiertaschentuch wird mir vor die Nase gelegt.

«Es ist besser so. Wir kennen uns kaum. Das ist alles zu intensiv, zu schnell. So etwas geht nie gut.»

«Mag sein. Aber du scheinst eine Person von dieser Aussage überzeugen zu müssen, die es dir offenbar nicht glaubt.»

Verwirrt sehe ich ihn an. «Dich?»

Cole schüttelt den Kopf.

«Dich selbst. Sonst würdest du nicht versuchen, von mir eine Absolution zu bekommen. Versteh mich nicht falsch, ich will nicht, dass er oder diese blonde Wolfs-Braut auch nur in die Nähe von Claire kommen. Aber offenbar hast du Gefühle für den Kerl. Meinst du wirklich, ein glatter Schnitt ist da so clever?»

Ich schweige und starre in meine Tasse.

«Du glaubst, ich sollte mich irgendwann wieder auf eine Beziehung einlassen. Warum sollte ich auf dich hören, wenn du es schon ohne Kind und Verpflichtung nicht wagst, dein Herz aufs Spiel zu setzen?».

Ich weiche seinem durchdringenden Blick aus und stehe auf. «Ich fahre heim. Wirst du es jemandem erzählen?»

Cole schüttelt den Kopf. «Das glaubt mir eh keiner. Ich versuche das erstmal zu verarbeiten.»

Ich bin schon fast an der Tür, als Coles leise Stimme meine Schritte bremst. «Seid ihr gut zusammen? Weißt du, Anna und ich waren furchtbar zusammen. Unsere Beziehung war von Anfang an ein Kompromiss, der den Riss zwischen uns nie ganz gekittet hat. Das ist es, was Liebe ausmacht, Cat. Ob man gut zusammen ist. Manchmal weiß man das schon bei der ersten Interaktion. Zeit ist da relativ egal.»

Ich lasse den Kopf hängen.

«Wir waren gut zusammen. Zu gut.»

Ich gehe und eile zu meinem Auto, bevor ich Cole sage, was mich wirklich vertrieben hat.

Ich liebe Hunter Nelson.

Ich liebe einen Mann, den ich keinen Monat kenne.

Ich bin bereit, für ihn meine Vorsicht in den Wind zu schlagen. Den Vorsatz, rational zu bleiben, zu vergessen und nur meinen Gefühlen zu folgen.

Die ganze Fahrt heute, in der ich befürchtet hatte, dass er und Cole sich streiten, war ich innerlich zerrissen und da hatte ich angenommen, er würde mich betrügen und hätte eine Frau.

Die ganze Konfusion, ja, auch die Erkenntnis, dass ich Hunter liebe und keinen Moment ohne ihn sein möchte, haben sich auf ihm entladen. Ich habe ihn zu meinem Monster gemacht, weil ich zu feige war, ihm ehrlich zu sagen, was in mir vorgeht.

Das mir diese Intensität meiner Gefühle Angst macht.

20. Kapitel – Hunter

Türchen 20

Der restliche Tag war ein träges Zusammenhalten meiner eigenen Gestalt. Alles in mir drängt danach, mich zu wandeln, aber es reicht, dass Eileen die Beherrschung verloren hat. Kenai will mit Koda besprechen, was wegen Cole zu unternehmen ist. So lange hämmere ich in meiner zukünftigen Firmenzentrale herum und warte darauf, dass meine derzeit vierbeinige Marketing-Koryphäe sich wieder beruhigt.

Es ist schon gegen Abend, als die Tür aufgeht und sie hereinkommt, definitiv in geliehener Kleidung. Fransen und Wildleder sind normalerweise nicht Eileens Ding. Ich nicke ihr zu und drehe mich wieder zu der OSB-Platte vor mir um.

«Es tut mir leid», murmelt sie.

Ich hämmere stoisch weiter, ignoriere den Schmerz in meiner Brust.

«Braucht es nicht», blaffe ich die Wand vor mir an und schlage den nächsten Nagel ein.

Cat hat recht, Eileens Wandlung hat es mir eindringlich gezeigt. Wir sind wilde Tiere, nur einen Schritt davon entfernt, echte Monster zu sein.

«Ich hab gehört, was sie zu dir sagte. Ich war in eurer Nähe», höre ich sie dicht hinter mir flüstern. «Sie hat unrecht. Du bist kein Monster.»

Ich schnaube. «Meinst du? Dann erklär mir mal, was dich so sehr aus der Bahn geworfen hat, dass du vor einem Menschen eine solche Show abgezogen hast. Ich hatte dich für beherrschter gehalten.»

Sie schweigt und ich drehe mich um. Ihr Blick ist verletzt und warnend zugleich. Eine Mischung, die ihre Wirkung auf mich nicht verfehlt.

«Oh nein, Eileen. Ernsthaft?»

Sie funkelt mich an und ich beschließe, das Thema Cole fallen zu lassen. Sie und ich haben selten ernsthafte Rangkämpfe gehabt, aber heute scheint sie in der Stimmung zu sein, mir einen zu liefern.

«Sie hat es nicht so gemeint», murmelt Eileen und kommt zum Thema Cathrin zurück.

«Ja, klar. Sie nennt mich ein Monster und ein Tier, einfach so», knurre ich die Wand vor mir an. Heftiger als nötig schlage ich einen weiteren Nagel ein.

«Sie hat Angst. Genau wie du.»

Eileen lässt ihre Worte kurz wirken.

«Sie ist diejenige, die mehr zu verarbeiten hat. Unter uns, Werwölfe sind für Menschen noch immer schockierend. Und ihr Cousin war auch da, also hat sie sich selbstverständlich die gleichen Sorgen um ihn gemacht, die ich mir um dich mache. Keine Spezies möchte, dass ihre Lieben verletzt werden. Nicht mal die mit Reißzähnen und Klauen, Hunter. Und dass sie die Macht dazu hat, zeigt mir, dass du sie brauchst. Dass sie mehr ist als eine lose Affäre.»

Ich lasse den Hammer sinken. Ich weiß, dass ich Cat viel abverlangt habe. Und bisher hat sie mein Vertrauen in sie nie enttäuscht. Bis sie jetzt endlich doch davongelaufen ist.

Es stört mich mehr, dass sie mir den Betrug zutraut, als die Tatsache, dass sie mich Monster nennt, um mich auf Abstand zu halten. Diese Frau pflegt und päppelt alles, was Reißzähne und Fell hat. Sie hat mich in ihr Bett geholt, obwohl sie wusste, was ich bin, warum also jetzt diese Monster-Aussage? Weil sie mich auf Abstand halten will. Sie hat genauso viel Angst vor diesen überbordenden Gefühlen, die uns vollkommen überwältigt haben, wie ich.

Ich hebe den Kopf und Eileen atmet hörbar erleichtert aus.

«Du bist vernünftiger als die meisten Schwanzträger, Menschen eingeschlossen», sagt sie trocken.

«Ich werde mit ihr reden. Das heißt nicht, dass wir zwei nicht noch eine ernsthafte Unterhaltung führen werden, über das, was heute passiert ist. Nur dass sie mir im Moment wichtiger ist, als dein unbeherrschtes Verhalten. Dein Glück, Cousinchen. Ich möchte für deinen unverzeihlichen Kontrollverlust eine Erklärung.»

Eileen senkt den Kopf und tritt zur Seite, ungewöhnlich defensiv. Ich trete vor die Tür und atme die kalte, frische Winterluft ein, bevor ich zu meinem Auto gehe.

Ich fahre die Zufahrt hinunter, der Scheibenwischer fegt die Flocken, die vom Himmel trudeln, von der Windschutzscheibe. Als ich um die letzte Kurve vor der langen Abfahrt zur Hauptstraße biege, bremse ich gerade noch rechtzeitig vor einem Fahrzeug ab, das halb auf der Straße steht.

Die Dämmerung hat eingesetzt und ich runzele die Stirn. Niemand ist in der Nähe, aber die Stelle ist weder gesichert, noch scheint der Fahrer im Wagen zu sein. Ich steige aus und erstarre, als ich mich dem Fahrzeug nähere. Es ist ihr Geruch, der Geruch ihrer Angst, der mir klar zeigt, wessen Auto hier steht.

«Cat!», schreie ich, aber sie ist nicht in der Nähe. Das würde ich wissen. Ich kann ihre Angst riechen und ich wittere zudem etwas, was merkwürdig ist.

Wölfe. Mindestens drei Stück.

Warum sollten sie Cat entführen?

Alle Wölfe leben friedlich und unter den Regeln des Abkommens, wie Kenai mir versichert hat.

Soll ich Hilfe holen? Ich überlege nur kurz, renne zu meinem Auto zurück und schnappe mir mein Handy, bevor ich mich verwandle.

Keine Minute später folge ich der Spur und renne durch den Wald, so schnell meine Pfoten mich tragen. Als mir Blutgeruch – Cats Geruch – in die Nase steigt, drängt sich ein Knurren meine Kehle hinauf. Sie haben sie verletzt und die Angst, die meinen Körper flutet, sorgt dafür, dass sich meine Nackenhaare aufstellen.

Der Atem bildet weiße Wolken vor meiner Schnauze. Immer öfter muss ich anhalten und die Spur suchen, je mehr Neuschnee sich über die menschlichen Fußabdrücke legt.

Als ich an einem Waldweg ankomme, knurre ich frustriert, die Entführer sind auf Motorräder gestiegen und haben sich zudem getrennt. Ich bin mir sicher, dass Cat von den zwei Motorrädern, die den Berg hinauf, tiefer in die Wälder, gefahren sind, mitgenommen wurde. Aber nicht zu hundert Prozent sicher.

Meine kurze Unschlüssigkeit wird von Eileen abgemildert, die in ihrer Wolfsform zu mir stößt und sich dann der Spur des einzelnen Fahrers zuwendet. Erleichtert renne ich den Berg hinauf, zwinge meinen Körper, dem Schnee, der immer tiefer wird, zu trotzen. Die Entführer haben Geländemaschinen und die Spuren verraten mir, dass sie Spikes auf den Reifen haben. Sie wissen, was sie tun.

Als ich nach einer halben Stunde an der Baumgrenze ankommen, sehe ich ein Licht, das durch die letzten, kargen Bäume hindurchleuchtet. Es ist eine kleine Hütte, vor der zwei Enduros stehen. Ich kann Cat riechen und das Wissen, dass sie lebt, beruhigt mich ein wenig. Ihr Blutgeruch hingegen ist durchdringend und sorgt dafür, dass Wut, Angst und Zorn meinen Geist fluten.

Jedes Haar meines Körpers hat sich aufgerichtet. Meine Lefzen ziehen sich zurück, aber ich halte das Knurren tief in meiner Brust zurück. Ich werde sie nicht warnen. Ich werde kein Mitleid haben. Instinkte fluten mich und ich will gerade lossprinten, als ein großer, dunkelgrauer Wolf mich rammt und in den Schnee wirft.

Ein lautes Knurren entkommt meiner Kehle und ich gehe in Angriffsposition. Sie haben meine Gefährtin verletzt und ich werde sie in Stücke reißen.

Ich senke meinen Kopf und fixiere den Gegner, der wie aus dem Nichts aufgetaucht ist. Er ist alt und es dauert einen Moment, bis meine Vernunft die tierischen Instinkte durchbricht. Hinter dem riesigen, grauen Alpha sehe ich Eileen in ihrer Wolfgestalt. Sie hält sich defensiv im Hintergrund und winselt leise. Sie hat Kenai geholt und ich weiß nicht, ob das gut oder schlecht ist. Trotzdem muss ich hier vernünftig agieren, obwohl alles in mir dagegen ankämpfen will.

Der Rudelälteste dreht mir den Rücken zu, als wäre ich ein kleiner, ungefährlicher Welpe und tritt über die glänzende Schneefläche im Mondlicht auf die Hütte zu. Dann hallt sein Heulen durch die Nacht, laut und durchdringend. Wäre er in meinem Rudel, mein Alpha, würde ich jetzt in eine unterwürfige Haltung gehen. Kenai lässt seine ganze Autorität, seinen gesamten Zorn in dieses Heulen dringen und der Ton macht mir klar, warum er der Alpha ist. Seine Wolfsform ist trotz seines Alters beeindruckend. Seine Ausstrahlung in seiner natürlichen Gestalt hat nichts Gebrechliches oder Greisenhaftes. Nur ein paar graue Haare um die Schnauze verraten sein hohes Alter.

Angespannt und voller Sorge warte ich, was jetzt passiert.

21. Kapitel – Hunter

Türchen 21

Der dunkelbraune Wolf, der aus der Hütte geschlichen kommt, fletscht die Zähne und knurrt leise. Er ist nur ein halbstarker Bengel, aber gerade in dieser Phase sind sie unberechenbar. So groß wie ausgewachsene Werwölfe und so impulsiv wie verfluchte Welpen. Rein auf Instinkte und Bedürfnisse ausgelegt, sind normale Teenager schon eine Herausforderung, Werwolf-Nachwuchs ist die exponentielle Steigerung dieses Albtraums.

Sollten sie Cat verletzt haben, ist es mir herzlich egal, wie alt sie sind. Hier trifft Cats Einschätzung, dass wir Monster sind, vollkommen zu.

Kenai fletscht die Zähne und stößt ein heiseres Bellen aus. Der Halbstarke senkt den Kopf und knurrt nur noch lauter. Ich schaffe es, ein ähnliches

Geräusch zu unterdrücken, aber bleibe unter Aufbietung aller Beherrschung mit Not an Ort und Stelle. Eileen ist im Wald verschwunden und ein weiterer Wolf, der hinter der Hütte hervorkommt, wirkt verunsichert.

Ich gebe der Sache einen Moment und beobachte, wie Kenai auf die zwei Halbwüchsigen zugeht. Der alte Alpha macht sich groß, zeigt seine Dominanz, aber die Gegner kuschen nicht. Sie senken die Köpfe und kommen langsam näher.

Ich darf mich nicht einmischen, aber ob sich Kenai gegen zwei seiner Rudelmitglieder behaupten kann, bezweifele ich. Der braune Wolf senkt die Flanken und im nächsten Moment jagt er auf Kenai zu, der seinerseits los sprintet.

Ich höre den Rangfolgekampf zwischen dem Jungen und dem Rudelalpha, habe mich aber schon abgewandt. Ich will zu Cat, muss nach ihr sehen. Im Prinzip kann ich nicht eingreifen, damit würde ich Kenai schwächen. Ich gehöre nicht mal seinem Rudel an.

Die Geräusche hinter mir von schnappenden Kiefern und das dunkle Grollen, das über diese karge Hochebene hallt, begleiten mich, als ich zu der tristen Hütte renne. Ich spüre den eiskalten Wind, der in mein Fell fährt, und lasse mich davon nicht beeindrucken. Ich wandle mich und greife nach der Türklinke, drücke sie auf. In der eiskalten und dreckigen

Hütte sehe ich Cathrin, die sich in eine Ecke drückt, mit einer Platzwunde am Kopf. Ihr Gesicht ist blass, und als sie mich erblickt, scheint sie sich ein wenig zu entspannen. Ihre Jacke weist Risse auf und ich spüre, wie mir beim Anblick des Blutes und der Angst auf ihrem Gesicht die Beherrschung entgleitet.

«Pass auf», ruft sie, aber es ist zu spät.

Hinter mir ist ein weiterer Wolf, der mich mit einem Knurren anspringt und seine Zähne tief in meiner Schulter vergräbt. Das könnte ihm so passen. Ich wandle mich im Fall, wende mich um, kaum dass ich auf vier Beinen bin. Der schwarze Wolf ist über mir und ich spüre den Biss, merke, wie er Muskeln und Sehnen zerfetzt. Meine Instinkte übernehmen und ich knurre, als ich mich aus seinem Angriff befreie und hinter mir den zweiten Wolf herankommen höre.

Ich drehe mich so, dass ich beide im Auge behalten kann, und richte mich zu meiner vollen Größe auf. Der Kleinere winselt, als er meine Präsenz wahrnimmt, aber der schwarze Idiot geifert und kommt näher. Das Knurren, das sich mir entringt, füllt die ganze Hütte aus, aber ich bin nicht so verrückt, zu glauben, dass das hier ein gutes Ende nimmt. Hier drin ist es beengt, ich darf Cat nicht gefährden und die zwei Halbwüchsigen sind mir deshalb logischerweise überlegen. Es ist absolut unüblich und kein erwachsener Wolf würde gegen einen der unsrigen mit Verstärkung in den Kampf ziehen. Ein Rangfolgekampf ist das hier nicht. Sie verhalten sich wie bei einer Kneipenschlägerei.

Die Wut in mir darüber entlädt sich in einem weiteren lauten Knurren, das bis in den letzten Winkel dieser erbärmlichen Hütte dringt. Der schwarze Wolf springt mich an, und ich werfe mich in seine Flugbahn, pralle mit aller Macht gegen seinen schnappenden Kiefer und reiße ihm ein großes Stück Ohr ab. Er jault, als der zweite Angreifer sich unvermittelt in meinen Hinterlauf verbeißt.

Ein Heulen entkommt mir und ich werfe mich erneut in seine Richtung, werde aber von dem anderen Wolf gepackt.

Dann ist mein Hinterlauf wieder frei, ich rolle herum und spiele meine körperliche Überlegenheit aus. Mein Kiefer schließt sich um die Kehle des dämlichen Idioten und ich verharre. Ich habe kein Problem damit, ihn zu töten, sollte er jetzt meinen, meinen Sieg nicht anzuerkennen. Er winselt und präsentiert mir seine Seite, entblößt die ungeschützte Partie seines Körpers. Ich schüttele ihn kurz und wende mich um. Das Blut gefriert mir in den Adern.

Cat steht da, mit einem zerschmetterten Stuhl in der Hand. Sie hat den kleineren Wolf mit einem gezielten Schlag aus dem Spiel genommen. Ich wandle mich und trete vorsichtig auf sie zu. Der Wolf zu ihren Füssen atmet noch, der von mir besiegte Angreifer verschwindet mit eingezogenem Schwanz durch die offene Tür. Sie hat mir das Leben gerettet, aber dafür ihr eigenes gefährdet.

Cat starrt mich mit riesigen Augen an und ich weiß nicht, was ich sagen soll. Im nächsten Moment sinkt sie neben dem von ihr erlegten Wolf nieder. Ich eile zu ihr und fühle ihren Puls, der Gott sei Dank recht kräftig ist. Kräftig und regelmäßig. Sie trägt eine warme Jacke, aber ihre Hose ist durchnässt. Sie wird erfrieren, wenn wir sie nicht trocken bekommen.

Ich kann sie schlecht auf dem Motorrad zurückfahren, nicht solange sie bewusstlos ist.

Die Kampfgeräusche vor der Hütte sind verklungen, dafür vernehme ich Motorgeräusche. Vorsichtig hebe ich Cat vom Boden auf und drücke sie an mich, als ich mich zur Tür umwende. Ein großer Mann steht im Türrahmen, den ich schon ein oder zweimal in Snow Falls gesehen habe.

«Ich bin Kane. Hier, eine paar Decken und was zum Anziehen für dich. Kenai und deine Cousine haben uns informiert, ehe sie euch nachgejagt sind.»

Ich nehme die Kleidung, während der Mann eine Rettungsdecke auspackt und diese um Cat schlingt. Ich streife mir schnell die Hose und den Pulli über und beobachte diesen Kane ganz genau.

«Hat Kenai gewonnen?», frage ich, während ich Cat wieder in meine Arme nehme.

Der Hüne ist so klug, sie mir direkt wieder zu geben, nachdem ich angezogen bin. Sie atmet regelmäßig, ist aber nach wie vor ohne Bewusstsein.

«Ja, natürlich. Sorry, Alter. Die Jungen wollten dich erpressen, damit du hier abhaust. Sie dachten wohl, wenn sie dich zum Wegziehen bewegen, würde sich Kenai alles nochmal überlegen, diese verfluchten Idioten.»

Er deutet nach draußen. «Wir fahren sie zu Jackson in die Klinik. Mit dem Schneemobil sollte es schnell gehen.»

Ich nicke und schwöre mir insgeheim, dass ich die beiden Idioten häute, wenn Cat ernsthaft verletzt ist. Kenai ist verschwunden und nur der zerwühlte Schnee vor der Hütte deutet auf das hin, was hier passiert ist.

Ich fühle mich merkwürdig fremdgesteuert und klettere auf die kleine Ladefläche des Schneemobils. Kane scheint ein versierter Fahrer zu sein und rast sicher, aber zügig, den Berg wieder hinunter.

Ich starre auf Cat, deren Lider leicht flackern, aber sie wacht nicht auf. Ich weiß nicht, ob ich erleichtert sein soll, dass sie die holprige Fahrt nicht erlebt oder besorgt, weil sie nicht wieder zu sich kommt.

Als wir im Ort an der kleinen Klinik ankommen, springe ich fast von Kanes Gefährt, in meinem Bestreben, sie schnell zum Arzt zu bringen. Dieser ist schon alarmiert und hält mir die Tür auf.

«Bringen Sie sie direkt in die Notaufnahme und legen Sie sie auf die erste Liege», weißt er mich an.

Als ich Cathrin abgelegt habe, scheucht mich der resolute Vorzimmerdrache ins Wartezimmer, während Jackson mit der Untersuchung beginnt. Nur unwirsch lasse ich mich zu dem hellen, kleinen Bereich mit den Stühlen und der traurigen Topfpflanze schicken. Zu meiner großen Verwunderung ist einen Moment später Kane im Warteraum und setzt sich zu mir. Ich bin barfuß und trage keine Jacke, was auffällig ist, wenn man bedenkt, dass wir im tiefsten Winter in Manitoba sind.

Kane nimmt sein Handy und tippt darauf herum, während ich die Tür nicht aus den Augen lasse. Dann bin ich halt der Irre, der barfuß Schneespaziergänge macht, und riskiere es, die Paras auffliegen zu lassen. Scheiß drauf. Ich habe Cat nicht in Gefahr gebracht.

Ein paar Minuten später tritt Eileen ein, reicht mir Schuhe und Socken und nickt Kane dankbar zu, der mit einem genauso knappen Nicken geht. Meine Cousine legt eine dicke Jacke neben mir ab und setzt sich zu mir. Dann nimmt sie meine Hand und ich erstarre kurz. Die Berührung beruhigt mich und zeigt mir, wie angespannt und verzweifelt ich auf ein Lebenszeichen von Cat warte.

Der Zeiger der Uhr schleicht förmlich von Minute zu Minute.

«Wenn der Kerl nicht gleich kommt, geh ich zu ihr rein. Weißt du, wie sie verletzt wurde?», frage ich und meine Stimme klingt angestrengt.

«Sie wird schon wieder. Der Jüngste dieser Bande von Genies hat gemeint, sie hätte sich den Kopf an der Autotür gestoßen. Sie haben ihr nicht wehtun wollen. Sie wollten dich nur zum Weggang bewegen. Und leider haben sie mitbekommen, dass sie deine Achillesverse ist.»

Ich knurre. «Sie sollen froh sein, dass Kenai da war. Ich hätte ihnen die Kehlen rausgerissen.»

Eileen nickt. «Hättest du zwar nicht, aber es hätte dir keiner übel genommen.»

Die Tür geht auf und Jackson sieht mich an. Sein Lächeln beruhigt meine angespannten Nerven mehr als jede Versicherung von Eileen.

«Cathrin geht es gut. Sie ist bei Bewusstsein und störrisch wie eh und je. Ich habe ihr ein Beruhigungsmittel gegeben und etwas gegen die Kopfschmerzen. Sie will partout nicht hierbleiben, aber ich kann sie auch nicht mit einer Gehirnerschütterung alleine nach Hause lassen. Wir werden auf Cole warten müssen.»

Eileen wird kalkweiß bei den letzten Worten.

«Ich bring sie heim und bleibe bei ihr. Ich bin ihr Freund», sage ich. Jackson mustert mich, nickt aber dann, als wäre meine Aussage nichts, was ihn verblüfft oder im Ansatz überrascht.

«Okay, sie ist noch in der Notaufnahme, Sie können sie heimfahren. Sollte es ihr schlechter gehen, sie sich übergeben oder sonstige Symptome dazu kommen, muss sie sofort hergebracht werden. Ärzte sind echt schlimme Patienten. Sogar Tierärzte.»

Eileen reicht mir den Autoschlüssel, offenbar hat sie meinen Wagen genommen, und ich folge Jackson. Ich bin so erleichtert, dass meine Knie sich wie Wackelpudding anfühlen. Sie hat eine Gehirnerschütterung, aber das ist zum Glück nichts, was nicht heilt. Als ich hinter Jackson in den Behandlungsraum trete, ist Cat dabei, sich stöhnend die Schuhe wieder anzuziehen. Sie schwankt erbärmlich. Die kleine Wunde an ihrer Stirn ist mit einem Klammerpflaster versorgt und ihr Blick zuckt hoch, als sie uns eintreten hört. Ihr ungläubiger Ausdruck, als sie mich sieht, ist kurz strahlend, dann tritt ein bockiger Zug in ihr Gesicht.

«Ich hab schon gehört, dass ich einen Babysitter brauche. Ich nehme Cole», sagt sie zu mir und ich bin so erleichtert, dass sie schon wieder ein wenig stachelig ist, dass ich mich von dem Tonfall nicht ins Bockshorn jagen lassen.

Ich hätte sie beinahe verloren, das hat mir meine Prioritäten deutlich gemacht.

«Du kriegst aber mich, Darling. Also halt die Luft an, ich bring dich nach Hause.»

Sie seufzt, schwankt und ich hebe sie ohne Federlesen auf meine Arme. Jackson rollt die Augen.

«Sie gehört ins Bett. Sie hat Medikamente, wenn die Kopfschmerzen schlimmer werden. Und wie gesagt ...» Er sieht mich durchdringend an und ich nicke.

«Keine Sorge. Ich lasse sie nie wieder aus den Augen, Doc.»

Ihr Schnauben hebt meine Laune sofort in ungeahnte Höhen, als ich mit ihr auf den Armen zum Auto gehe.

22. Kapitel – Cathrin

Türchen 22

Ich wache auf und Dunkelheit umfängt mich. Lediglich ein kleiner Lichtspalt durch die geöffnete Tür macht mir klar, dass ich nicht allein in meiner Wohnung bin. Mein Kopf hämmert. Offenbar haben mich die drei halbstarken Jungs ausgeknockt, beim Versuch, mich zum Mitkommen zu bewegen.

Werwölfe. Sie wollten den potenziellen Aufkäufer ihres Zuhauses wieder aus der Gemeinde verjagen. Und am Ende hat mich der Grund für den Angriff auf mich aus der Klinik heimgefahren.

Meinen Protest, dass er nicht bei mir bleiben muss, hat er lässig übergangen und mein Kopf hatte zu sehr gehämmert, um mich gegen ihn zu behaupten. Also musste ich akzeptieren, dass mich der Mann ins Bett gebracht hat. Ich hatte auch nicht erwartet, dass er mich dabei so ehrerbietend und unsexy behandelt, als wäre ich ein geschlechtsloses Wesen.

Ja, ich weiß, ich habe eine Gehirnerschütterung und brauche Ruhe, aber er war der perfekte Gentleman. Nicht mal einen Blick hat er riskiert, als er mir in meinen Snoopy-Schlafanzug geholfen hat. Schlimm genug, dass er das Kleidungsstück gewählt hat, in dem nicht mal ein Supermodel attraktiv aussieht. Der Flanellanzug ist nicht in der Kategorie Reizwäsche gelistet.

Das ganze Dilemma ist überhaupt nur passiert, weil ich mich bei ihm entschuldigen wollte. Offenbar war, schon bevor ich mir den Kopf angestoßen habe, einiges in meinem Oberstübchen nicht in Ordnung. Denn wenn mir die ganze Aktion eins gezeigt haben sollte, dann, dass ich mit dem Monster-Vorwurf gar nicht so verkehrt lag.

Immerhin wurde ich von Werwölfen entführt. Was wäre passiert, wenn mich einer gebissen hätte?

«Dann hättest du wahrscheinlich eine Tetanus-Spritze gebraucht», höre ich ihn von der Tür und setzte mich mühsam auf. Habe ich das laut gesagt? Ich spüre, wie mir die Röte ins Gesicht schießt.

Hunter kommt herein und trägt ein Tablett in den Händen. Das Licht hinter ihm aus dem Wohnzimmer verrät mir, dass helllichter Tag ist.

Verdammt, ich habe Dienst!

Ein Tag vor Weihnachten ist immer die Hölle los. Jedes Wehwechen wird vor den Feiertagen bekämpft, da sind die Menschen eigen. Der Hund kann drei Wochen humpeln, aber wenn es auf die Feiertage zugeht, bekommen alle Torschlusspanik. Ich schlage die Decke zurück und er ist so schnell bei mir, dass ich blinzeln muss. Das Tablett stellt er auf den Boden und funkelt mich dann an.

«Was glaubst du, was du da tust?», fragt er mich und baut sich vor mir auf.

«Aufstehen. Bestimmt ist die Sprechstunde voll», beginne ich.

«Dein Kumpel hat heute Morgen alle dringenden Fälle behandelt und einen Zettel mit Notdienst-Rufnummern an die Tür gepinnt, bevor er vor einer Stunde gefahren ist. Morgen ist Weihnachten und ich glaube, im Ort weiß mittlerweile jeder, dass du über die Feiertage nicht verfügbar bist. Jackson ist ein Quell der Information, wenn ich das richtig beurteilen kann. In Verbindung mit dem von dir ausgeschalteten Chief funktioniert der Buschfunk hier so gut, dass es mich wundert, dass noch keiner zur Wolfsjagd geblasen hat.»

Ich lasse mich mit Kopfschmerzen, die ihresgleichen suchen, in die Kissen sinken.

Hunter reicht mir eine Tasse, aber der erwartete Kaffee ist nicht darin. Er hat mir Kamillentee gekocht.

«Hunter, ich bin zu schwach, um mich zu streiten, aber wenn du dieses warme Blümchenwasser nicht sofort gegen ein Gebräu austauschst, bei dem mindestens eine Handvoll im Höllenfeuer gerösteter Bohnen eines Kaffeestrauches eine Rolle spielen, werde ich dir persönlich das Fell über die Ohren ziehen und mir aus dir einen Kaminvorleger basteln.» Nach dieser Aussage schließe ich die Augen und stöhne.

Er lacht dunkel auf und der Laut gefällt mir, lässt mich entspannt und mit einem Kribbeln im Bauch zurück.

«Aye, aye, Boss», sagt er und geht.

Ich atme tief durch und muss mir eingestehen, dass ich mich an ihn gewöhnen könnte. Gewöhnt habe. Es ist mir egal, was er ist. Ich hab ihn angeleckt, ich werde ihn behalten. Ich hab Flohhalsbänder in allen Größen und wer weiß, vielleicht ist er bei Vollmond sogar mit Hundefutter zufrieden. Kochen werde ich nie meistern. Über diesen doch recht ernüchternden Gedanken schlafe ich erneut ein.

Als ich das nächste Mal wach werde, ist es dunkel. Mein Kopf fühlt sich dumpf an, aber die Schmerzen sind fast weg. Auf dem Nachttisch steht ein Glas Wasser und eine Packung Ibuprofen sowie eine kleine Flasche Saft. Dankbar nehme ich den Saft und trinke gierig. Danach greife ich nach kurzer Überlegung zu zwei Ibu. Ich fühle mich gruselig und sehne mich nach einer Dusche. Die Seite des Betts neben mir ist zerwühlt, aber leer. Er hat neben mir gelegen? Vorsichtig stehe ich auf und tapse zur Tür. Verblüfft registriere ich, dass Hunter an meinem Couchtisch sitzt, über einen Laptop gebeugt und offenbar konzentriert arbeitet.

Leise betrete ich das Wohnzimmer, in dem nur der geschmückte Tannenbaum für Licht sorgt. Er hört mich trotzdem und blickt auf.

«Wie gehts dir, Cat?»

«Besser. Ich muss mal ins Bad. Und duschen.»

Er steht auf und ist mit zwei langen Schritten bei mir.

«Ich begleite dich», sagt er besorgt.

«Vergiss es, Freundchen. Ich werde dich nicht zum Pinkeln mitnehmen.»

Ein Grinsen überzieht sein Gesicht. «Gut, aber zum Duschen?», fragt er und ich glaube, Humor und ein gewisses Interesse wahrzunehmen.

«Auch nicht. Wo ist mein Kaffee?», murre ich und er seufzt, gibt aber nach.

«Ich mach dir einen. Du hast zehn Minuten und schließ die Tür nicht ab. Ich hab Jackson versprochen, mindestens bis zum zweiten Feiertag in deiner Nähe zu bleiben.»

Ich nicke und fliehe ins Badezimmer.

Warum hat er das getan? Freundlichkeit?

Ist da mehr als nur Besorgnis, weil ich sein Geheimnis kenne und wegen ihm erst verletzt wurde? Schützt er seine Identität oder sorgt er sich wirklich um mich?

Als ich fünfzehn Minuten später ins Wohnzimmer trete, frisch geduscht, mit geputzten Zähnen und etwas am Leib, was nicht Pubertier schreit, fühle ich mich gefestigter.

Neben seinem Laptop stehen meine Lieblingstasse und ein Teller mit Sandwiches. Mein Magen knurrt, als mein Blick auf das Essen fällt. Hunter sitzt wie selbstverständlich wieder an seinem Laptop und wendet sich mir zu, als ich mich nähere.

«Hier, Kaffee», verkündete er mir stolz und ich nicke und nehme verlegen neben ihm auf der viel zu schmalen Couch meinen Platz ein. Bei Hunter wirkt alles winziger, als es tatsächlich ist. Er grinst schief und auf einmal legt sich Bedauern auf seine Züge.

«Es tut mir leid, dass dir das passiert ist. Es ist meine Schuld. Ich hätte dich gar nicht reinziehen dürfen, hätte mich fernhalten sollen.»

Er klingt zerknirscht und verhalten, als warte er auf einen körperlichen Schlag.

«Es war meine Schuld. Hätte ich nicht so dumme Sachen gesagt, hätte ich mich nicht entschuldigen müssen und wäre den Idioten gar nicht erst in die Hände gefallen, oder?»

Er seufzt. «Keine Ahnung. Du wolltest dich entschuldigen?» Sein Blick ist fragend und ich nicke nur zögerlich.

«Ich halte dich nicht für ein Monster. Zumindest nicht bis zu dem Zeitpunkt, als du versucht hast, mich mit Kamillentee zu vergiften.»

Er grinst und streckt seine Hand aus. Sacht streicht er meine Kinnlinie entlang, wandert unter meinem Ohr zu meinem Nacken und übt genug Druck aus, dass ich meinen Kopf seinem entgegen beuge.

«Ich würde dich nie verletzten. Ich hoffe, du weißt das.» Seine Lippen verharren kurz vor meinen und ich danke Gott, dass ich mir die Zähne geputzt habe.

«Ich weiß. Mir geht es schon viel besser», gebe ich leise zurück und seine Lippen streifen sacht meine.

Dann zieht er sich zurück und ich fühle mich abgewiesen.

«Sandwiches. Kaffee. Dann reden. Und bevor Jackson nicht das Go gibt, bist du vor mir sicher.»

Ich erstarre. «Das ist nicht dein Ernst.»

Er sieht mich lange an. «Doch. Ich werde dich nämlich behalten. Also will ich, dass es dir gut geht. Nenn es eine Investition in die Zukunft.»

Verblüfft starre ich den Mann an, der nun wieder den Laptop aufklappt. Irgendwie hab ich mir Romantik anders vorgestellt.

23. Kapitel – Hunter

Türchen 23

Ich werde dich behalten. Die Worte habe ich unbedacht ausgesprochen und hoffe, sie ist nicht verschreckt. Die Angst, die ich um sie hatte, hat mir vieles erleichtert und einige Fragen klar beantwortet, die unsere Situation aufgeworfen hatte.

Scheiß auf reine Blutlinie und Wolfsgene. Sie oder keine. Der Gedanke, nicht jeden Tag für sie sorgen zu dürfen, für sie da sein zu können, oder die Vorstellung, dass ein anderer Mann sie verwöhnt und mit ihr zusammen ist, ist unerträglich.

Die Wartezeit im Krankenhaus hat mir viele Dinge erleichtert, über die ich mir zuvor den Kopf zermartert hatte. Manchmal braucht man einen heilsamen Schock, der alles in die richtige Perspektive rückt. Wenn sie mich will, werde ich hierbleiben.

Mein Koffer ist zwar schon im Auto, aber ich werde mich ihr nicht aufdrängen. Nur gut, dass ihre Gehirnerschütterung mir einen Vorwand liefert, in ihrer Nähe bleiben zu müssen. Ohne die komplizierte Programmierung auf dem Bildschirm wahrzunehmen, starre ich auf den Monitor, als wäre das, was ich gesagt habe, keine Wasserstoff-Beziehungsbombe, die ich auf sie abgefeuert habe.

«Du willst mich behalten?», fragt sie und nimmt einen Schluck des Kaffees. Ein zufriedener Laut, einer Katze nicht unähnlich, entschlüpft ihr.

«Hab ich gesagt, ja», bestätige ich, ohne zu ihr hinzusehen.

Warum hat sie das sexy Snoopy-Teil ausgezogen? Dieser graue Jogginganzug ist zwar ebenfalls verführerisch, aber mit Snoopy auf dem Hintern und Woodstock auf der Brust war sie ein verflucht heißer Anblick.

«Das bedeutet?», hakt sie vorsichtig nach und greift nach dem Sandwich. Sie hat seit gestern nichts mehr zu sich genommen und ich bin erleichtert, dass sie Appetit hat. Das ist ein gutes Zeichen.

«Keine Ahnung. Was immer du willst. Sex, Freundschaft, Kinder, Ehe, Zusammenziehen, getrennte Wohnungen, Fernbeziehung – ich bin für absolut alles offen, was dich glücklich macht. Ich möchte nur Teil des von dir ausgewählten Szenarios sein.» Ich schenke ihr ein entschuldigendes Lächeln.

«Und ich muss dir leider sagen, ich komme mit ziemlich viel Gepäck. Ab Januar wird das ganze Rudel hierher umsiedeln. Sie sind furchtbar lästig, neugierig, aufdringlich und sie gehören zu mir. Ich liebe sie, auch wenn ich sie die Hälfte der Zeit gern auf einen anderen Planeten schießen würde.»

Sie sieht mich mit großen Augen an und kaut bedächtig, schluckt, beißt erneut ab und kaut wieder, ohne mich nur eine Sekunde aus den Augen zu lassen oder meine ‹Hallo, ich bin Rudelanführer› Ansprache mit einer Antwort zu quittieren.

Nervosität prickelt in jeder Zelle und ich würde gern behaupten, dass ich nicht bereit bin, mich jederzeit zu wandeln, aber so ist es leider nicht.

Ich stehe kurz vor dem Verlust meiner Selbstbeherrschung. Sie hat diese Wirkung auf mich. Ich bin ihr ausgeliefert und in mir kämpfen urtümliche Instinkte, wenn es um sie geht. Hier ein zivilisierter Mann zu bleiben, ist schwer, aber sie hat die Wahl verdient. Und das mit dem Gepäck war keine Metapher. Ich habe ein Rudel Wölfe hierher befohlen. Wenn sie sich für mich entscheidet, wird sie immer die Frau des Anführers sein.

«Das Gepäck ... werde ich damit klarkommen? Also mit dieser ganzen Wolfssache und dem Rudel?», fragt sie leise und ich seufze.

«Ich denke schon, aber es wird bestimmt die ein oder andere Schwierigkeit geben. Gerade die Älteren sind gegen gemischte Beziehungen. Du bist nun mal kein Wolf.»

Cat stutzt und seufzt dann. «Herrje. Musst du mich beißen? Geht es darum?»

Ich lache, so albern ist der Gedanke. Dann werde ich ernst, als ich merke, dass es echte Angst ist, die sie zu dieser Frage getrieben hat.

«So funktioniert das nicht. Es ist eine Vererbungsgeschichte, nicht sowas wie American Werwolf.»

Sie nickt. «Also nur der normale Verwandschaftswahnsinn. Keiner ist gut genug für unseren Goldjungen? Was will er mit der Außenseiterin? Diese Art von Schwierigkeiten?»

Ich grinse verlegen. «Das trifft es ziemlich gut. Ich kann nicht aufhören, ein Alpha zu sein. Das ist nichts, was man wie einen Mantel ablegen kann. Ich habe die Verantwortung für meine Familie, auch wenn ich den Haufen Rudel nenne und sie manchmal am liebsten in der Luft zerreissen würde. Ich habe eine kapriziöse Cousine, einen Cousin ohne das Gespür für natürliche Grenzen und mehr Verwandte als eine Staubmaus. Als Alpha wird von mir permanente Aufmerksamkeit erwartet. Dazu gehört auch, dass Eileen und Liam mich überall nerven, weil sie es einfach gewohnt sind, dass wir keine Grenzen voreinander haben. Eileen hat mich schon so oft nach einer Wandlung gesehen oder mir Klamotten besorgt, gerade als wir jünger und impulsiver waren, dass wir über Privatsphäre kaum noch nachdenken. Das könnte schwierig für sie und dich werden.»

Sie wirkt konzentriert, jedoch nicht verschreckt. Es hört sich merkwürdig an, aber als Wolf denkt man weniger über das Rudel nach. Man versucht, dass einem keine Menschen auf die Schliche kommen.

«Gut. Ihr habt also keinerlei Scham oder Taktgefühl, beißt aber dafür nicht. Mit wie vielen garstigen alten Tanten und Onkeln muss ich rechnen?»

Ich wage nicht, sie anzusehen. «Da sind schon einige», gebe ich zu.

«Warum glaubst du, sollte mich das abschrecken? Deswegen erzählst du es mir doch, oder? Um mich abzuschrecken.»

Ich stutze und sie fixiert mich abwartend. Also versuche ich, so ehrlich zu sein, wie ich kann.

«Ich will, dass du es nicht bereust und weißt, worauf du dich einlässt. Wenn du nur ein Wochenend-Lover aus mir machen willst, bin ich dazu bereit. Ich will dich. Zu deinen Bedingungen. So einfach ist das.»

Cat lächelt. «Mit der Wolfssache komme ich klar. Ich glaube sogar mit den Tanten und Onkeln. Könntest du deinen weiblichen Cousinen vielleicht dauerhaft den Zugang zu deinem Badezimmer begrenzen? Ich will nicht schwierig oder altmodisch sein, aber wenn du mich behalten willst, möchte ich einige

Aussichten auf gewisse Körperteile zumindest im privaten In-House-Bereich weitgehend exklusiv haben. Ich verstehe, dass es mit dem Wandeln schwierig ist, aber ansonsten: Meins. Du gehörst mir. Immerhin habe ich einen Werwolf für dich mit einem altersschwachen Stuhl ausgeknockt.»

Wut darüber wallt in mir auf. «Ja, und wehe, du machst sowas jemals wieder. Man greift keine Werwölfe mit Möbelstücken an.»

Sie hat keine Ahnung, wie viele Jahre mich ihre Aktion gekostet hat. Ich bin nur froh, dass Kenai den Machtkampf gewonnen hat und Kane rechtzeitig vor Ort war. Mit Sicherheit wären wir sonst nicht so glimpflich davongekommen.

«Ich wollte dir helfen. Es waren zwei gegen einen.»

Ich nehme ihr die Tasse aus den Händen, stelle sie ab und ziehe Cat auf meinen Schoß.

«Tu das nie wieder. Nicht für mich.»

Dann senke ich meine Lippen auf ihre. Wir versinken in dem Kuss, aber als ihre Hände vorwitziger werden, schiebe ich sie von mir.

«Erst wenn Jackson dich für belastbar erklärt», sage ich, nicht ohne eine große Portion Enttäuschung in der Stimme.

Sie seufzt, nickt dann aber. Ihre Blässe ist mit Sicherheit ein Anzeichen für die immer noch bestehenden Kopfschmerzen.

«Du musst dir übrigens um die Idioten keine Gedanken mehr machen, die versucht haben, mit dir als Geisel den Kauf des Wolfsterritoriums rückgängig zu machen. Sie sind schon weg und kommen nicht wieder. Kenai war echt sauer auf sie.»

Sie erschauert und kuschelt sich enger an mich.

«Begleitest du mich morgen zur Hochzeit?», fragt sie leise und ich nicke.

Ryze hat mich zwar als neu angekommenes Fraktionsmitglied schon eingeladen, aber ich fühle mich trotzdem geehrt, dass Cat offiziell mit mir dorthin will.

«Und als was?», höre ich mich rau fragen.

«Als mein Freund. Allerdings kommt Cole auch und nachdem deine Cousine sich so dreist vor ihm gewandelt hat, könnte es sein, dass er den Beschützer raushängen lässt.»

Ich grinse. Genau die Herausforderung, die ich brauche. Ich darf sie als meine Gefährtin präsentieren und den Kerl durchleuchten, der Eileen so durcheinander gebracht hat.

24. Kapitel – Cathrin

Türchen 24

Die Hochzeitsgesellschaft ist im Saal des Hotels beim Sektempfang, als ich mit Hunter zu ihnen stoße. Cole, der mich und Hunter finster mustert, lässt uns nicht aus den Augen, als ich mit Hunter zu unseren Plätzen gehe und mein Wolf mir rücksichtsvoll den Stuhl zurechtrückt. Dann geht er zu der kleinen Bar und holt uns Champagner. Dabei nickt er meinem Cousin zu, der ihn mustert, als hätte er es mit Ted Bundy zu tun.

Das liegt wahrscheinlich an dem Pflaster und dem blauen Fleck auf meiner Stirn, den ich selbst mit Make-up nur unzulänglich verdecken konnte.

Ryze hat nicht nur Hunter zur Hochzeit eingeladen, sondern die Einladung auf Eileen ausgeweitet. Die Wölfin ist wunderschön, distanziert und bemüht sich, nett zu sein, aber ich habe den Eindruck, sie hält sich zurück, um mich nicht zu erschrecken oder zu verunsichern. Sie tritt an unseren Tisch und nimmt neben mir Platz. Dabei macht sie ein paar belanglose Kommentare zur Zeremonie und dem Brautkleid, aber als Hunter uns Champagner hinstellt, lockert sich die Stimmung schnell.

«Dein Cousin starrt mich immer noch böse an», murrt er und ich schaue in Coles Richtung.

Er macht eine kleine Geste mit der Hand an der Kehle entlang in Richtung Hunter. Na toll.

«Hat er dir gerade gedroht?», fragt Eileen ihren Cousin leise und ich stöhne.

«Ich regele das.» Ein kurzer Kuss für Hunter und dann gehe ich zu Cole, der in Anzug und Krawatte fehl am Platz wirkt.

«Was soll das?», zische ich ihm zu und er hat den Anstand, ein wenig zerknirscht zu wirken.

«Du wurdest verletzt. Er ist schuld daran, richtig?», brummt Cole und ich rolle mit den Augen.

«Indirekt. So wie du Schuld daran bist, wenn Claire sich im Kindergarten den Kopf stößt. Immerhin schickst du sie dahin, oder nicht?», frage ich leise und beobachte Enya und Aden, die auf der Tanzfläche vorbeischweben.

«Ich mag ihn nicht», brummt Cole.

«Das musst du nicht. Ich habe mich in ihn verliebt und er sich in mich. Er tut mir gut und macht mich glücklich. Ich möchte mit ihm zusammen sein. Kannst du das vielleicht in deine Antipathie mit einbeziehen?»

Cole grummelt. «Ich probiere es. Du siehst glücklich aus, wenn er bei dir ist. Das kann ich zugeben.»

Ich umarme meinen Cousin und er ächzt theatralisch. «Warum sind es immer Vierbeiner bei dir?», mault er und ich kichere.

«War schon immer so. Komm, gib dir einen Ruck.» Er nickt und folgt mir.

Als wir an den Tisch kommen, sieht Eileen uns finster entgegen.

«Wo ist das Brautpaar?», fragt sie mich und ich deute zum See, der hinter dem Hotel und den hohen Terrassentüren des Ballsaals liegt.

«Irgendwo im Schnee, romantische Bilder machen und den Tag festhalten. Sie sahen sehr glücklich aus, fandest du nicht?»

«Komischer Ort. Ein Wolf als Trauzeuge, eine Vampirin, die eine Hochzeit organisiert und eine Hexe, die die Trauung leitet. Der Einzige, der sich hier ein wenig normal verhält, ist ausgerechnet dieser Hinterwäldler.» Eileen leert ihr Glas und grinst dann schief zu Cole.

Der sieht ein wenig blass aus. Ich glaube, über Hexen hatten wir noch nicht gesprochen.

«Home, Sweet home, was?», feixt sie zu Hunter gewandt.

Er seufzt resignierend und zwinkert mir dann zu. Er hat mir ja gesagt, dass er mit Gepäck kommt. Offenbar stellt Eileen das gerade unter Beweis.

«Sieh dich um. Das hier ist mehr als wir uns erhoffen konnten», erwidert er ernst und Eileen wird rot, folgt aber seiner Aufforderung.

Auch ich lasse den Blick schweifen und versuche, das Szenario mit den Augen eines Außenstehenden zu sehen. Der ganze Saal ist weiß und blau geschmückt, mit weihnachtlichen Akzenten. Die Paras, die hier anwesend sind, bewegen sich selbstverständlich unter den menschlichen Gästen und vor allem untereinander.

Alle lachen, sind fröhlich und wirken gelöst. Chief Brown sitzt vor dem Weihnachtsbaum und hat seinen Gips auf einem Hocker abgelegt. Seine Frau reicht ihm ein Glas Champagner. Zwei der Hexen diskutieren lebhaft mit Kenai. Die Vampire fehlen, ebenso Henry und Marigold.

Ansonsten sind alle anwesend und warten auf die Rückkehr von Ryze und Ivy. Einige tanzen, Hank betätigt sich als DJ und es scheint ihm Spaß zu machen. Eileen seufzt und spannt sich merkwürdig an, als ihr Blick an Cole hängen bleibt.

«Cole, das ist Eileen, Hunters Cousine. Ihr habt euch schon kennengelernt», versuche ich das Eis zu brechen. Hunters Cousine sieht aus, als wollte sie aufspringen und davonrennen.

Hab ich etwas Falsches gesagt?

Cole nickt ihr zu. «Ma´am», brummt er.

«Hunter kennst du ja schon», fahre ich tapfer fort und er sieht ihn an.

«Ja», brummt er wiederum.

Eileen sitzt am Tisch, als hätte sie einen Stock verschluckt. Ich seufze.

«Cole», zische ich leise. Er strafft seine Gestalt und schenkt mir ein gezwungenes Lächeln, dann nickt er in Eileens Richtung.

«Willst du tanzen?», fragt er und es klingt hölzern.

Eileen fängt Hunters hoffnungsvollen Blick auf und sieht dann zu mir. Ich lasse mir nichts anmerken, sie soll das hier nicht für einen Kuppelversuch halten. Es ist nur das Bestreben, seine und meine Familie miteinander bekannt zu machen.

«Nichts lieber als das», sagt sie mit einem Tonfall, der klar macht, dass ihr ein Gang zum Schafott lieber wäre. Ich starre ihnen hinterher, als sie sich auf der Tanzfläche zwischen die anderen Paare mischen.

«Siehst du, sie verstehen sich schon», sage ich, habe aber den Anstand, Hunters amüsiert-ungläubigen Blick auszuweichen.

Überall im Saal hängen Mistelzweige von der Decke und die weißen und hellblauen Kugeln passen sowohl zum Anlass als auch zum Weihnachtsfest.

«Du bist eine kleine Optimistin», sagt er und nickt Jackson zu, der an unseren Tisch tritt.

Endlich. Ich fühle mich zu sehr umsorgt und zu wenig gevögelt. Hunter ist, was diese *Du-bist-krank-Sache* angeht, zu strikt und obsessiv. Und seine Küsse haben mich mehr als nur hungrig auf ihn und unbefriedigt zurückgelassen. Ich würde ihn sofort ins Bett zerren, wenn es nach mir geht, aber offenbar geht es nicht nach mir.

«Wie gehts dir, Cat?», fragt Jackson freundlich.

«Ganz gut. Kannst du diesem überfüsorglichen Mann hier sagen, dass keine Kopfschmerzen bedeuten, dass ich wieder am Leben teilnehmen kann?», frage ich und er lacht auf.

«Sie darf durchaus feiern und tanzen. Aber arbeiten erst im neuen Jahr wieder, ja?», sagt er an mich gewandt und geht weiter.

Ich halte Hunter meine Hand hin und er ergreift sie. «Lass uns tanzen», sage ich und er folgt mir auf die Tanzfläche, wo ein angespannter Cole eine steife Eileen vor sich her schubst. Es gibt Ringkämpfe, die friedlicher aussehen. Als wir loslegen wollen, wechselt die Musik zu einem kuscheligen Stück und Hunter zieht mich eng in seine Arme.

«Ich sehe echt schlimm aus mit dem Bluterguß, richtig?», wispere ich.

«Interessant», kommentiert er trocken und lässt seine Hand meinen Rücken hinunterwandern.

Ein warmer, vielversprechender Schauer läuft mir über die Haut. Das rauchgraue Satinkleid steht mir ausgezeichnet und obwohl es recht züchtig ist, schmiegt es sich exquisit an meine Kurven. Der tiefe Rückenausschnitt lässt es zu, dass seine Haut meine berührt.

Er scheint einen direkten Draht zu meiner Libido zu haben, aber jetzt, mit ärztlicher Freigabe, beschwere ich mich nicht.

«Ich werde heute Nacht einfach nur auf deine Brüste starren, wenn dich die Verletzung stört», bietet er großzügig an und ich lache auf.

Ich glaube nicht, dass er der Nur-gucken-Typ ist. Ich hoffe es sogar.

«Willst du wirklich so lange warten? Wir müssen ja keinem sagen, dass ich schon wieder fast gesund bin. Wenn ich Kopfschmerzen vorschütze, können wir in einer halben Stunde im Bett sein.»

Er knurrt leise.

«Gute Idee. Aber das Essen können wir nicht schwänzen, das wäre unhöflich. Und es wird Zeit, dass wir was bekommen, ich bin am Verhungern. Danach können wir zu dir und ich werde dir zeigen, wie verliebt ich in dich bin.»

Er lächelt mich so zärtlich an, dass ich Mühe habe, dieser Idee zuzustimmen.

«Bis dahin sei nett. Ich bin ein leidender Mann», fährt er fort und sieht mit einem wölfischen Grinsen nach oben.

«Ich bin nett.»

Ich folge seinem Blick und grinse.

Überall über der Tanzfläche hängen kleine Mistelzweige und bevor ich das Kommentieren kann, liegen seine Lippen auf meinen.

Er küsst mich mit so viel Gefühl, als wäre ich für ihn der einzige Mensch auf dem Planeten und er nur mir ergeben. Ich keuche leise und spüre, wie sich ein Kribbeln in meinem Schoß ausbreitet.

Als er mich freigibt, starrt uns Cole resignierend an. Er wird Hunter noch eine ganze Weile nicht vergeben, aber ich bin mir sicher, früher oder später wird er Hunters Charme erliegen.

«Noch ein Glas Champagner?», fragt mein Wolf, als wir wieder am Tisch sind und auf das Essen warten.

Das Brautpaar ist mittlerweile eingetroffen und Ivy wirkt so zauberhaft glücklich, dass ich mich für sie und Ryze freue.

Hunter geht zu der kleinen Bar, kommt mit zwei Champagner und zwei Bier zurück und reicht eine der Flaschen Cole, den zweiten Champagner seiner Cousine.

«Cole, ich freue mich darauf, deine Familie näher kennen zu lernen. Das schließt dich mit ein. Und das ist Eileen, meine Cousine. Vielleicht könnten wir versuchen, die Startschwierigkeiten zu begraben.»

Cole wirft mir einen langen Blick zu.

«Du behältst ihn, richtig?»

Ich lache auf, es sind fast die Worte, die Hunter gesagt hat.

«Ja. Ich behalte ihn. Du weißt doch, ich liebe Streuner.»

Weihnachtsmorgen – Cathrin

Kiss-Off

Ich strecke mich und sehe zu der anderen Bettseite. Kein Hunter. Enttäuscht setze ich mich auf, aber er hat die halbe Nacht dafür gesorgt, dass ich an alles, nur nicht an Kopfschmerzen oder Werwölfe denken konnte. Eher an ihn und die Dinge, die er mit mir angestellt hat.

Er hat mich im Schein des Weihnachtsbaumes geliebt und dabei mehr als nur dafür gesorgt, dass ich mich begehrt und geborgen gefühlt habe.

Seine jetzige Abwesenheit erklärt sich mit dem Duft von ...

Ich springe aus dem Bett und eile in den Wohnraum.

«Wir müssen ein paar Möbel besorgen. Hier ist es kahl wie auf einer Waldlichtung, Love», sagt mein

Wolf, der nur mit einer Snoopy-Schürze bekleidet Waffeln backt. Es sollte albern aussehen, aber das tut es nicht.

«Hast du keine Angst, dass du dich verbrennst?», frage ich und gehe, gehüllt in meine Bettdecke, zur Couch.

«Wir heilen schnell. Rührei zu den Waffeln?»

Himmel. Ich habe einen Werwolf gefunden, der mich anbetet, kochen kann und keine Bindungsängste hat. Er hat keine große amouröse Vergangenheit im Ort und er ist sexy wie die Hölle.

Ich bin mir sicher, er wird mich nicht mit irgendeiner dahergelaufenen Schönheit betrügen. Er sorgt sich. Um sein Rudel. Um mich. Er ist fürsorglich und ein Mann, dem man vertrauen kann. Dem ich vertrauen kann.

«Was ist?», fragt er und dreht sich mit der Pfanne zu mir um, offenbar ist ihm mein Blick aufgefallen.

«Ich denke, ich liebe dich», sage ich, ohne es näher zu überdenken. Ich will ihn. In jeder Beziehung.

«Oh, gut. Ich weiß, dass ich dich auch liebe», sagt er und ich spüre, wie Röte in mein Gesicht steigt.

Er zwinkert mir zu, bevor er sich wieder dem Herd zuwendet. «Und zwar genug, um zu wissen, dass du erst ein paar Waffeln und Rührei bekommst, bevor wir den Rest des Feiertages damit verbringen, ins Bett zu kriechen um dort weitermachen, wo wir gestern aufgehört haben.»

Mein Handy klingelt und ich greife danach. Als ich aufgelegt habe, springe ich auf und eile ins Schlafzimmer, um mich umzuziehen.

«Ach Kacke», mault Hunter, aber als ich angezogen in den Wohnraum komme, wartet er an der Tür und hat die Schürze abgelegt. Kurz schlucke ich, er ist nackt und ich wünschte, ich könnte direkt wieder ins Bett zerren. Aber Hunter hält mir galant meine Jacke hin und grinst nur wissend. Offenbar weiß er, woran ich denke.

«Ein Silberdachs?», fragt er, wobei seine Stimme rau und sexy klingt.

«Malcom meint, er ist verletzt und kann nicht weit weg gelaufen sein. Ich nehm mein Blasrohr mit und werde sehen, ob ich ihn einfangen kann.»

Hunter grinst. «Ich kann dir helfen. Ich bin gut im Aufspüren von Wildtieren in meiner Wolfsform. Je schneller wir den armen Dachs gefangen und versorgt haben, desto schneller sind wir wieder hier im Bett. Frohe Weihnachten, Love.»

Ich lache und als ich die Treppe zum Auto hinunter eile, überholt mich der riesige silbergrauer Wolf noch auf den Stufen.

Ende

Danksagung

Danke an alle Leser,
die sich nach Snow Falls verirrt haben.

Ich hoffe, wir sehen uns
nächstes Jahr wieder.

Und ein dickes Danke an:
Helen,
Lara,
Anke,
Bianca
&
Angeline

Weitere Geschichten aus Snow Falls

Ein einsamer Wolf, eine kratzbürstige Anwältin und eine unverhoffte Hochzeit ...

Henry und Delia sind wie Hund und Katz. Obwohl Henry der beste Freund ihres Bruders ist, hat die attraktive Vampirin kein Interesse, das Zerwürfnis zwischen ihnen zu bereinigen. Immerhin gibt es da einen dunklen Punkt in ihrer gemeinsamen Vergangenheit, den sie gerne vergessen würde. Henry hingegen genießt die Wortgefechte mit der wehrhaften Vampirlady, die nicht nur ihn, sondern auch die Weihnachtszeit mit Inbrunst hasst. Doch dieses Jahr ist alles anders und die Vorweihnachtszeit stellt ihr Leben auf den Kopf, müssen die beiden doch gemeinsam eine Hochzeit planen. Wird es nur ein stürmisches Intermezzo oder doch ein Weihnachtswunder?

Ein verschneites Städtchen. Ein Fluch, der Liebe unmöglich macht. Und ein grummeliger Bärwandler.

Für die Bewohner von Snow Falls ist Weihnachten die schönste Zeit des Jahres – für die Kräuterhexe Thalia Darkmore jedoch die einsamste. Bis Macai, ein Wächter des Ojibwa-Bärenclans und ihr einstiger Liebhaber, plötzlich vor ihrer Tür steht.

Doch ein uralter Seelenfuchs stellt sie vor Prüfungen, die alles verändern könnten …
Magisch, romantisch & voller Winterzauber – eine Geschichte über zweite Chancen, den Mut zur Liebe und einen Mann, der selbst die stärksten Schutzzauber knacken kann.

Belastende Geheimnisse, verbotene Gefühle und eine Weihnachtshochzeit ...

Als der Phönix Aden Solaris gemeinsam mit seiner Zwillingsschwester zur Hochzeit seines Adoptivbruders Ryze nach Snow Falls reist, flammen lang verdrängte Gefühle in ihm hoch. Ihm wird einmal mehr bewusst, was er nicht haben darf, obwohl er nichts mehr begehrt als diese eine Frau.

Enya weiß, wie es um ihn bestellt ist, ergeht es ihr doch genau wie ihm. Trotzdem setzt sie alles daran, ihn auf Abstand zu halten. Denn eine Liebesbeziehung zwischen ihnen ist nicht nur verboten. Sie könnte gefährliche Konsequenzen nach sich ziehen.

Eine Heimkehr, eine große Verantwortung – und eine schicksalhafte Liebe.

Nach seiner überstürzten Flucht vor zehn Jahren kehrt der Häuptlingssohn Maron Theroux zurück nach Snow Falls, um das Weihnachtsfest mit seiner Familie zu verbringen. Klar, dass Ärger vorprogrammiert ist, denn Bärenwandler sind nicht nur unwahrscheinlich stur, sondern können durchaus auch ziemlich nachtragend sein.

Trotzdem hat er keinesfalls damit gerechnet, in seinem eigenen Haus von einer wunderschönen Frau ausgeknockt zu werden – ausgerechnet von Kaya Dubois, die er nach dem Willen seines Vaters hätte heiraten sollen, und die einer der Gründe gewesen ist, weshalb er damals von zu Hause fortgelaufen war.

Als Kaya erfährt, dass der Häuptling der Ojibwa sie mit seinem Sohn verheiraten wollte, fällt sie aus allen Wolken. Zum Glück ist sie jedoch mit Maron einer Meinung: Eine arrangierte Ehe? Auf keinen Fall! Da haben sie beide schließlich auch noch ein Wörtchen mitzureden!

Ein feuriger Drache, eine freche Schmuckdesignerin und jede Menge heiße Dialoge …

Als der Drachenwandler Kenneth Mcrae nach einem schweren Schicksalsschlag in Snow Falls auftaucht, ist er auf der Suche nach einer neuen Heimat. Keinesfalls sucht er nach einer Frau, die mit ihrer widerspenstigen Art den Drang in ihm weckt, sie zu zähmen.
Audrey Bennet ahnt nicht, dass sie nach einem betrügerischen Ex-Verlobten nun an ein magisches Wesen geraten ist. Die Funken sprühen vom ersten Moment an, doch läuft sie Gefahr, sich erneut zu verbrennen, wenn sie ihrer Sehnsucht nachgibt?